聖女召喚に巻き込まれた奴に更に巻き込まれたら、コミュ障の白銀の騎士様が離してくれない

Midorimushi

緑虫

Ruby collection

Contents

登場人物紹介
伊勢原裕也
聖女召喚に巻き込まれた転移者。
ルトに突然溺愛され困惑するも、
放っておけない面倒見のよい少年。
ルト（本名：ルトヴァニエ）
途轍もない魔力量ゆえに隔離され、
孤独に暮らしてきたコミュ障の騎士。
超絶美形。実は第4王子。

魔王
かつては膨大な魔力を
持つ人間だったが、
闇落ちして魔族になった。
裕也に執着してくるが…？
伊藤芹奈
突然聖女として
異世界召喚された女子高生。
絶対に彼氏の待つ現世へ帰りたい、
毅然とした女の子。
佐久間正太郎
裕也と同じく聖女召喚に
巻き込まれたサラリーマン。
現世では不幸な身の上で、
ずっと愛情に飢えていた。
エリク
第2王子。宰相補佐。
ルトの兄で、彼に次ぐ魔力量の持ち主。
実はブラコンで、ルトを溺愛している。

聖女召喚に巻き込まれた奴に更に巻き込まれたら、
コミュ障の白銀の騎士様が離してくれない

1　異世界転移はダブル巻き込まれ型

昨今、よく耳にする異世界転移。

ヒロインの召喚に巻き込まれて関係ない一般人も一緒に転移しちゃうって流れも派生してたりして、「実はこっちが聖女でした」みたいになるやつもあるよな。

だけどさ、俺みたいなパターンは珍しいと思う。

事の発端は、朝の通学路。俺の前を歩いていた、俺と同じ高校の制服を着た女子の足許が突然光った。

あれはもう完璧魔法陣だよなっていう青い円形の光の中心に吸い込まれていく、黒髪ロン毛の女子高校生。彼女の恐怖に引き攣った顔は、今でもはっきりと思い出せる。

巻き込まれ型転移のパターンだと、ここで咄嗟に手を差し伸べて――というのが王道だろう。

だけど俺は驚きすぎて、その場で腰を抜かしてしまった。失禁しなかっただけ偉いと思う。

魔法陣の端っこに必死にしがみつく女子高校生の、「こいつダメだ」みたいな絶望した表情。あの時は本当にごめんって、もし会うことができたら謝りたい。だって動けなかったんだよ。君もなってみたら分かるって。

そんな危機的状況に颯爽と現れたのが、ひとりのスーツのおっさん――いや、草臥れたお兄さんかな？　だった。

なんか全体的にヨレヨレしていて、ヒョロかった記憶がある。お兄さんは俺の後ろから走ってきたかと思うと、今にも呑み込まれそうになっている女子高校生に向かってヘッドスライディングしてきたんだ。

ズザザーッという痛そうな音がして、お兄さんが女子高校生の手を掴んだ。頑張れお兄さん！と俺は心の中だけど応援した。

だけどお兄さんは、割とっていうかかなり細め。よく見ると可愛らしい顔をしていて——なんて年上に言ったら怒られるかな——しかもどう見てもパワー不足。だから、あっさりと女子高校生の手を掴んだまま頭から光に呑み込まれていった。

それで、だ。ここから先が、俺に起きた不幸の始まり。

お兄さんはおっさんがよく持っているような斜め掛けの黒いリーマン鞄を持っていた。それがヘッドスライディングした時に足首までずれ落ちて、すぐ近くにへたり込んでいた、俺が背負っていたリュックについていた缶バッジに紐が引っかかったんだ。

繰り返すけど、俺は腰を抜かしていて動けなかった。

お兄さんの足首に辛うじて絡まっているリーマン鞄とドッキングした俺のリュックと共に、無抵抗だった俺までもがズルズルと引きずり込まれ——。

「ぎょえええええっ！　なにこれえええええっ！」

すぽんっ。

無理やり引き込まれた先は、某子ども向けアニメとかに出てくるタイムマシーンの中の四次元空間みたいにうねうねした通路だった。酔いそうな景色の中、俺たちは鋭い光に向かって物凄いスピードで落ちていく。

俺を道連れにしてしまったことに気付いたお兄さんは、「足にしがみついてーっ！」と叫んだ。このお兄さん、滅茶苦茶いい人だ。俺は瞬時に悟った。俺を巻き添えにしたのもこのお兄さんだけど。

「た、助けて……っ！」

俺は泣きじゃくりながら、お兄さんの足を掴もうと必死で手を伸ばした。

だけど、その動きがよくなかったらしい。

俺とお兄さんを繋いでいた絆――缶バッジと鞄の紐が、するりと取れてしまったのだ。

「え、嘘」

なあ、信じられるか？

召喚されていない俺は、お呼びじゃないんだと。

お兄さん（と女子高校生）は、光に向かって一直線に吸い込まれていく。

だけど、失速した俺は。

光の中ではなく、その横のなんかうねうねしている色にベチンとぶつかると、そのままどぷりと呑み込まれてしまった。

2　空から俺が降ってきた

身体(からだ)がふわりと浮いた感覚の後、再度急激な落下が始まる。

「ひゃっ！」

その直後、俺の身体はすっぽりと何かにハマった。

ん……？　ハマった？

恐る恐る目を開けてみると。

「――うわっ！」

俺を横抱きにしていたのは、元は銀色だと思われる甲冑(かっちゅう)を真っ赤に染めた人だった。

フルフェイスの兜(かぶと)って言えばいいのかな？　を被(かぶ)ってるから、顔は全く分からない。

「あ、あのー……？」

男子高校生としては平均的な身長と体型の俺をいとも簡単に抱えているこの人物は、相当でかかった。もしかして、身長なんて2メートルくらいあるんじゃないか。いやもっとあるかも。ていうか横幅凄(すげ)えな。え、同じ種族じゃなかったらどうしよう。

「……」

甲冑の人は、何も言わない。え、なんか言ってよ。それとも言葉が通じないのかな。

もしかしたら、突然俺が降ってきて驚き過ぎちゃってるのかもしれない。

こういう時は、こちらに敵意がないことを示した方がいい。ということで、俺は自己紹介を始めることにした。

「あのー……。突然落ちてきてすみません、俺、伊勢原裕也っていって、多分異世界召喚に巻き込まれて、」

あ、異世界召喚のことって言ってよかったのか？　やばいと思っても、言ってしまったので後の祭りだ。

「……」

なんだけど、なーんにも返事がない。あれ？　まさか言葉が通じないとか？　嘘……いやでもよくあるよな。召喚された人は女神様とかの祝福があって言葉が分かるチート能力をもらえるけど、巻き込まれた方はもらえなくって、みたいなの。

まさか俺ってばそのパターン？　うわまじ？　やばくね？

「すみません、ここって一体どこでしょう……？」

泣きたい気持ちを抑えながら、甲冑の人に尋ねた。

「……」

お願い、何か喋って。怖いから。

兜の隙間からなんとなーくそれもしかして目？　と思えるものが俺を凝視しているようにも見えるけど、微動だにしないけど生きてんのかな、この人。血まみれだし、まさか死んでたり……ひええええっ！

焦った俺は、キョロキョロと辺りを見回した。まだ腰が抜けたままなので、降りるという選択肢はない。

「ひっ」

急いで甲冑の人の甲冑の胸に顔を隠した。見なきゃよかった。

甲冑の人を囲むようにして転がっていたのは、毛むくじゃらだったり鱗だったりが付いた手とか足とか胴体とか……つまり、多分魔物っていうの？　フォルムが多分だけど人っぽいから、魔人って奴かもしれないけど、見渡す限りそいつらのバラバラ死体だったんだよ。それがさ、辺り一面に広がっている訳。

可愛らしく「ひっ」なんてレベルじゃねーよこれ。

ゾクゾクッと恐怖から震えがやってきて、情けないけど、喋らないし動きもしない甲冑の人の腕の中で泣き出してしまった。

「う……っ！　うあああんっ！」

なんなんだよ、せめて召喚の間みたいなところまで一緒に行けたら、こんな怖い所に訳の分かんない奴といることもなかったかもしれないのに。

「ひぐ……っ、何ここ、どうして俺だけこんな所なんだよ……っ！　うわああんっ！」

すると、それまで微動だにしなかった甲冑の人が突然動き出した。重そうな足を上げて、一歩前に踏み出す。当然だけど、進行方向には落ちていた魔人？　の死体がある。

それが「ぐちゃっ」と嫌な音を立てて、俺の頬に跳ねた。

……え。

そーっと頬を手の甲で拭う。そこには、赤と何の色か知らないけど腐った藻みたいな不快な緑色が混じった液体が付着していた。

止めときゃよかったんだ。だけどさ、未知のものってつい匂い嗅いじゃわない？

クン、とつい吸い込んだ俺は、それのあまりの悪臭っぷりにクラクラとし。

「ひ……」

小さな声を出した後、意識を手放した。

3　甲冑の人の中身

次に目を覚ますと、俺はゆらゆら揺れて運ばれているところだった。

でも、まだ目は開けられない。異世界転移で体力を削ぎ取られて疲れているからか、異世界転移したと信じたくなくて目を開けたくないのかは、自分でも分からなかった。

少しして、ふかふかの布団か何かの上に寝かされる。

「ん……」

でも、いつまでも現実逃避している訳にもいかない。

渋々ゆっくりと目を開ける。目の前には、やっぱりというか、ズモモモモッという効果音が背景に浮いてそうな甲冑の人が俺を見下ろしていた。

相変わらず甲冑は赤に染まっている。さっき見た時より黒ずんでいるのが、時間の経過を感じさせて余計に怖い。

「ひえっ！　ち、血だらけ！」

起き上がって逃げようと肘を立てる。だけど悲しいことに、またもや腰を抜かしてしまったらしい。足に力が入らなくて、肘を立てただけで終わった。簡単に腰抜けすぎじゃね？　俺の腰。

「あ、あ、あの……っ」

俺の見ている前で、甲冑の人が兜のまま自分の甲冑をじっと見下ろしている。相変わらず何も喋らない。頼むから何か喋って。

と、おもむろに甲冑を脱ぎ始めたじゃないか。

脇の部分の留め具を外し、上から脱ごうとして兜にガチンと当たる。甲冑の人は、自分が兜を被っていたのをようやく思い出したように大きくひとつ頷くと、兜の留め具を取り始めた。

……この人天然？　天然さん？　あ、まさか急に甲冑を脱ぎ始めたのも、俺が血を見てちっさい悲鳴を上げたから？　え、じゃあ言葉通じてる？　じゃあなんでこの人ちっとも喋んないの？

俺の疑問をよそに、甲冑の人は留め具を外し終えると兜を脱いだ。

ふぁさり。

兜の中から出てきたのは、そりゃあ見事な銀髪だった。背中まで届きそうな長さの絹糸みたいに綺麗な髪が、血まみれの甲冑の上に広がる。顔は髪の毛で隠れていて見えない。

え、おじいさん？　と思ったけど、すぐに勘違いだと気付いた。

髪を掻き上げて俺をじろりと見たのは、若い男だったのだ。しかも――とんでもなく美形の。

真っ先に目がいったのは、特徴的な赤い瞳だった。次に、その造作に目がいく。

キリリとした眉の下にある、切れ長の涼しげな癖にちょっと甘い目元に、スッと伸びた鼻梁。頑固そうに結ばれた口に、薄い唇。しっかりとした顎に、エラなんて張ってないシャープなフェイスライン。

どれをとっても一級品としか言いようがなくて、しかも最高なバランスで配置されている。

「うお……」

思わず感嘆の声が漏れた。

「……」

なんか言えよ。

俺が目をまん丸くして見上げていると、甲冑の人は身体を覆う血まみれの甲冑を脱ぎ始めた。

足の防具もガチャンガチャンと床に落としながら脱ぎ捨てると、木綿っぽい黒いシャツとピタッとした焦げ茶のズボンみたいなタイツみたいなのを穿(は)いた超絶イケメンが現れた。

そしてでかい。そして何も言わねえ。頼む、何か言って。

「あ、あの、俺……」

とにかく話しかけないと、と思って声を出すと、何故(なぜ)か男は着ている服まで脱ぎ始めた。

「え、あの、ちょっと？」

あれよあれよという間に素っ裸になった男。うお、超立派なモンが付いてる、多分俺と倍は違う……、と俺は絶望を味わった。

全裸の男が、ギシ、とベッドに片膝を乗せてきたと思うと、いきなり俺の制服を脱がし始める。

「えっ⁉　ちょ、ちょっと⁉」

すると、ここでようやく男が喋った。

「湯浴(ゆあ)みをする」

うっはあ、低くていい声！　てそんな場合じゃない。

「えっ⁉　ゆ、湯浴みって、」

「風呂だ」

男は短く答えると、俺の服をあっという間に全部脱がせてしまった。

「うえっ!?　ええええっ!?」

「血が嫌と言った」

「あ、うん、言ったけども……!」

だからっていきなり全裸になって人を全裸にするか？

あまりの展開に目も口もぽかーんと開けていると、男はひょいと俺を横抱きにし、ずし、ずし、と多分風呂場へと向かったのだった。

4　ルトの天使ってなに

男が俺を連れて行ったのは、部屋を奥に行ったところにある風呂場だった。

無骨な灰色の四角くくり抜かれた石風呂がある。俺サイズだったら余裕で二人で並んで入れる広さだ。底から湯が湧き出ているのか、水面がぼこぼこと盛り上がっている。

男は俺を横抱きにしたまま風呂にザブンと入ると、お湯が溢(あふ)れてジャーッと勢いよく流れる。あ、いい湯加減。ちょこっと熱いくらいが通だね。

男は相変わらず無言のまま、置いてあった石鹸(せっけん)を泡立てて俺を洗い始めた。その間、俺は固まっている。腰は多分抜けたままだ。

だってさ、この人怖いしでかいし強引だし、抵抗したらさっき見た死体みたいに……こ、こ、ここ怖い！

男は隅々まで俺を洗った。そこは自分でやりたいってところまで、きちんと手と指をばっちり使って洗った。この人、同性の大事なところを触っても顔色ひとつ変えないんだけど。大丈夫？　ねえ、メンタル大丈夫？

ちなみに触られた俺のアソコは、恐怖で縮こまってたから元気にならずに済んだ。グッジョブ、俺の恐怖心。

男は俺を膝の上に乗せたまま、今度は自分を洗い始める。水も滴(したた)るいい男なんだけど、無表情が怖いよ。もうちょっと表情がほしい。読めなさすぎて怖いから。

ひと通り洗い終わったんだろう。男はあくまで俺を横抱きにしたままザバァッと豪快にお湯を湯船の外に出しながら風呂を出ると、口の中でモゴモゴと何かを呟いた。

「え？」

ふわりと温かい風が吹いたかと思うと、一瞬前までびしょ濡れだった俺と男の髪も身体も乾いているじゃないか。

驚いて、恐怖も忘れて男に話しかける。

「え……っこれってまさか魔法!?」

「そうだ」

無表情のまま、男が答えた。サラサラと肩を滑る銀髪の美しいこと。なんの変哲もない俺の黒髪と比べたら、雲泥の差だ。

男は引き続き俺を抱えたまま、先ほどの部屋に戻る。どうして降ろさないんだろう。聞きたかったけど、聞けなかった。

この世界ではこれが普通なのか知らないけど、かなりでかいベッドの中心に胡座を搔いて座る。勿論男がだ。俺は変わらず男の腕の中にいる。

それでも少しだけ余裕が出てきた俺は、ようやく部屋の様子を観察し始めた。

長方形の部屋の真ん中にどんと置いてある大きなベッドは、身体の大きなこの男でも寝られそうなサイズだ。こっちの人ってみんなでかいのかな。

ベッドの向こうには窓があって、外の様子までは見えないけど、外が暗いことは分かった。

え、じゃあ光源は？　と思って見渡すと、天井付近をふわふわと浮いている光の玉が四つあった。

……ナニアレ。

男は俺の様子をじーっと穴が空きそうなほど見つめていたけど、唐突に喋(しゃべ)った。

「イセハラユーヤ、俺は……ルトだ」

「ルト……よ、よろしく？」

素っ裸の男の膝の上で素っ裸のままよろしくも何もない気がしたけど、じゃあ他にどう言えっていうんだよ。分かんないよ。

「イセハラユーヤ、イセハラユーヤ……ッ」

俺のフルネームを、無表情の癖に何故か切なそうに繰り返すルト。あ、これってもしかして、それが俺の名前だと思ってる？

さっきの兜(かぶと)のことといい、今の名前のことといい、滅茶苦茶(めちゃくちゃ)イケメンなのにどこか抜けた行動を取るルトに対する恐怖心が萎(しぼ)んでいった。

「あ、伊勢原は苗字ね。裕也が下の名前。だから裕也でいいよ」

「ユーヤ？」

「うん」

小首を傾(かし)げると、銀髪がサラサラと流れる。うわあ、色気すごいな。

「なあ、色々と聞きたいことがあるんだけどさ――」

するると突然、ルトが俺のうなじを大きくて節くれ立った手でガッチリと掴(つか)む。え？　ルトさん？　超絶美形の顔が近付いてきたかと思うと、耳元で聞かされたらまた腰を抜かしちゃいそうな低いミラクルボイスで囁(ささや)いた。

「ユーヤ、俺の天使」

「は？」

何言ってんの、と続けようとした時だった。ルトの赤い瞳がじわりと滲(にじ)んだかと思うと、どんどん涙が溢れてきたんだ。

「え、ま、ちょっと、ルト？　どうしたん……」

俺の言葉は、最後まで紡(つむ)がれることはなかった。

何故なら、ルトの大きな口が俺を食わんばかりの勢いで口を塞いだからだ。

5　美神の微笑

ジュル、ジュブッ、ジュルジュル。

喋ってる最中に口を塞がれたせいで、俺の口は開きっ放しだった。そこから分厚くてやけに熱く感じる生々しい肉が俺の中に入ってきて、縦横無尽に暴れた。本当なんだよ、文字通り暴れまくった。

舌って暴れるものなんだ。知らなかったよ俺。

「ル……ッ」

拳でルトを押し返そうとしたら、覆い被さるルトの逞しい上半身に押し潰されてしまった。ひ弱すぎる。いや、ルトが規格外なのか。

「ひん……っ、や、んっ」

ぐっちょぐっちょと俺の舌に舌を絡めながら、俺の頬や顎をヨダレだらけにしていくルト。涙が滲んできて瞬きすると、赤い目が爛々と輝きながら俺を凝視しているのが超至近距離で確認できた。怖い。

「ぐ、ん、うんっ、苦し……っ」

健全な男子高校生の俺は、彼女なんていたことはない。当然、これがファーストキスだ。ファーストキスって呼ぶにはエグすぎるキスだけど、実際そうなんだから仕方ない。

なので、息の仕方なんて分からなくて、酸欠で視界が白くなってきた。あ、これってもしかしてお迎えの合図――？

なんて思っていたら。

「――ぶはあっ！」

突然ルトが顔を離した。

「はあっ！　はあっ！　……し、死ぬかと思った……！」

「すまん」

相変わらずの無表情で、ルトが謝る。

「すまんじゃないよっ！　なにっ!?　いきなり何してんの!?」

「接吻(せっぷん)だ」

「接吻だ、じゃねーよ！」

ルトは顔を離しただけで、うなじはがっちり手で掴んでるし、上半身はぴったりくっついたままだ。このまま圧死も余裕かもしれないけど、いきなり夢に見ていたファーストキスを奪われた俺は、恐怖もお互い素っ裸なままであることも全て忘れ、――怒っていた。

「ルトって何なの!?　俺たち会ったばっかりだよ!?　いきなり剝(む)くしさ、風呂はありがとうだけど、普通いきなりキスする!?　それってお前の世界の常識な訳!?」

俺の突然の剣幕に、ルトはすこーしだけ口角を下げた。あ、眉毛もちょっぴり垂れているかもしれない。

「……多分、しない」

「ですよねー!?　お前の世界の常識が俺のところと一緒でよかったよ！　てゅーかどういうつもりなんだよ！　説明しろ！」

目の前で大声を出されちゃうるさいだろうが、ルトは身体を離そうとも顔を背けようともしなかった。

ルトが、ぼそりといい声で呟く。

「……ユーヤは俺の天使だから」

「はあっ!?　それさっきも言ってたよな!?　何だよ天使って！」

「……すぐに確認したかった」

「はあっ!?　質問に答えてねえ！」

ルトの表情は殆ど変わらないけど、何故か白いライオンがしょんぼりしているように見えるから不思議だ。

「……やっぱりユーヤは俺の天使だった」

「だから天使ってなに！」

ルトが、何と言うべきか考えているように口をつぐむ。

「……俺と溶け合う存在」

「は？」

「接吻をして確信した」

え？　キスは何かを確認する為(ため)の作業だったのか？　でも一体何を？

俺のうなじを掴んでいない方の手が、俺の頬に触れた。大きな手は、俺の頭から顎まで届いてしまっている。

無骨な指が、俺の髪を摘(つま)んだ。

「黒い美しい髪」

「お、おい」

親指が俺の下瞼(したまぶた)を這(は)う。く、擽(くすぐ)ってえ。

「吸い込まれそうな黒い瞳」

手のひら全体で、頬を撫(な)でられた。う、うひゃっ。耳も覆われて、音がくぐもるしなんか熱いわで、思わずゾクッとする。

「幼子のようなあどけない顔」

どうせ童顔だよ。ていうか白人から見たら黄色人種って童顔なんだろ？　知ってるけど幼子はなくね？

「……全てが美しい」

「嘘(うそ)だろ」

思わず漏れた。自分で言うのも何だが、俺の顔は人並みだ。ルトと横に並べたら、月とスッポンが正にしっくりくる表現だろう。その俺を見て、「美しい」？　ルトの審美眼っておかしいのかな。

あ、黄色人種の顔が判別できないとか！　あり得る。

「……そして全て伝承の通りだった」

「へ？　伝承？」

聞き捨てならない単語に、眉を寄せる。

「……ずっと待っていた、俺の天使」

その瞬間、俺はとんでもないものを目にしてしまった。

ずーっと無表情だったルトの顔に浮かんだもの。

それは「え……っ？　美神降臨？」のレベルの平伏してしまいそうになるほどの艶やかな微笑だったのだ。

「は……」

呑まれるっていうのは、正にこのことを指すんだろう。

言葉が続かなかった。目を奪われたままな俺を見つめているルトが、再び顔を近付けてくる。

痺れるような笑顔を前にして、俺は動けなかった。

「……一生、守り抜く」

それこそ聞き捨てならない台詞を吐いたルトが、今度はそっと唇を重ねて舌を絡め始めた。熱くて甘い何かが、舌を通じて身体の中に染みていく感覚が俺を襲う。

抵抗しなくちゃ。そう思うのに、ルトにキスされ続けている内に身体が芯から温かくなってきて、まるで眠る直前みたいな多幸感に包まれていく。

「ユーヤ、ユーヤ……」

くちゅくちゅという音だけが、やけに静かな部屋に鳴り響く。そういえば、これまで他の人間の気配を一度も感じてないな、と今更ながらに気付いた。

「ん、んぅ……」

「俺のだ、俺だけの天使だ……」

——だからさ、『天使』ってなに。

という俺の言葉は、発せられることはなかった。

6　話が通じない

突然の異世界転移に巻き込まれた奴に巻き込まれて、いきなり死体だらけの場所に落ちて。

俺の身体も脳みそも、疲れ切ってたんだと思う。

ルトの温かくて大きな身体に包まれてキスされている内に、ぽかぽかしてきて寝てしまったらしい。子どもかよ。

ルトに『幼子』って言われても否定できないところを露呈しちゃった訳だけど、ルトの様子から敵意はないんだなって分かったのも安心しちゃった原因のひとつだと思う。

そう考えたい。

だってさ。

だってさ……！

「ひん……っ、ど、どういう状況……？」

「ユーヤ……！」

「そ、そこで喋るなあっ」

目が覚めてびっくり。布団の上に寝かされているまでは、まだいい。

だけどね、俺の足は何故かM字開脚の状態になっていて、でっかい身体の男がさ、とんでもなく格好いい顔で俺のちんこを口に頬張ってるんだよ？　ね、驚くよね？　驚くって言って、お願いだから。

　ジュブジュブやってるルトの頭を押し退けようと手を伸ばすと、恋人つなぎにされた。違う、そうじゃない。

　ならばと身体を上に動かそうとしたら、もう片方の手で膝と腿をがっちりと掴まれた。絶対に逃すまいっていう強い意志を感じる。

　どうやっても逃してもらえそうにないので、ルトと会話できる自信は（主に向こうの原因で）なかったけど、尋ねることにした。

「ルト！　何ヤッてんだよ！」

　俺の小ぶりの陰茎をぐっぽりと口に含みながら、目だけ上げて俺を見るルト。——くあっ！　視界の破壊力の凄まじさ！

　ルトはジュウジュウ吸うだけで答えないので、もっと強めに言ってみることにした。

「ルト！　一旦口から出せ！」

「！」

　ルトは一瞬視線を泳がせると、ちゅぽんと抜いた。でも目線は俺の半勃ちちんこと俺の顔を行ったり来たりしている。……なんだよ、この「待て」している感は。

「あのなあ」

「……」

　相槌なしかよ。

「もう一度聞く。俺の寝ている間に何ヤッてんの？」

「口淫だ」

違う。そういうことを聞いてるんじゃないってば。

俺のこめかみがピクッと動いた。身体も顔も興奮して火照っていることは、今は横に置いておく。

「そーじゃなくって、なんで口淫をしてんのかって聞いてんの。分かんない？」

「味わいたくて」

「何を」

「ユーヤの可愛らしい陰茎を」

「可愛らしい言うなボケ」

くっそ真面目な無表情で答えるのが、また腹が立つ。

くそう、会話が通じているようで通じてない。しかしこの異世界では、どう考えたってルトの助けがなけりゃ同胞の女子高校生とお兄さんの所には辿り着けないだろう。だってさ、あんな訳分かんない魔人ぽいのがいるんだよ？　俺なんか瞬殺だよ、瞬殺。

そう、俺はあいつらに会いに行こうと思ったんだ。だってさ、昔から言うじゃん？　三人寄れば文殊の知恵ってさ。だから異世界出身の俺ら三人が集まれば、もしかしたら元の世界に戻る手立てもあるかもしれないって寝ながら思ったんだ。

「こんなことしてる場合じゃねーんだよ。あのさ、俺の仲間が二人、こっちの世界に召喚されちゃったの。あいつらに会いたいんだけど、ルトは何か知らない？」

名前も知らないけど、勝手に仲間ってことにさせてもらった。まあ、同じ世界の人間という意味では仲間ではあるしな。

「……聖女召喚の儀があると」

「それだ！　そこに連れて行ってほしいんだ！」

なんだ、ルトも知ってるんじゃないか！　嬉しくなって身体を起こすと、ルトを見下ろす形になる。

上目遣いで相変わらず俺のちんこと顔を交互に見ているルトが、ぼそりと答えた。

「……王都の神殿で行うと、聞いた」

「それだって！　俺、それに巻き込まれたんだよ！」

「王都には、俺の家があるから、戻るつもり……だが」

「あ、そうなの？　じゃあ丁度いいじゃん！　お願いルト、俺困ってるんだ！　助けてくれると嬉し……うわっ」

ルトはいきなり俺の腰を持ち上げると、あろうことか股間に顔を突っ込んだ。

「な、なにヤッてんだって!?」

「……ユーヤに合わせてと思ったが」

俺の太ももを軽々と持ち上げているルトが答えると、そこに息が……！　いやん、なんて思わず心の中で思ってしまった。

「合わせてって、な、何を!?」

「王都に早く行きたいのなら」

「う、うん！」

な、なに？　早く行きたいのとこれと、何が関係あるのか？

「うひゃっ」

ルトが、舌を俺のケツの穴にぴたりとくっつけながら、言った。

「……奪われぬよう、早く中を俺で満たさねばならん」

「……はい？」

「痛まないよう、努力する」

「もしもーし、ルトさん？　何を言って……ひうっ！」

ズプッ！　とケツの穴の中に入ってきたのは、ルトの太くて熱い舌だった。

7　言葉が通じているようで通じていない

俺は目下、混乱の真っ只中にいる。

何でかっていうとな、突然空から落ちてきた俺をナイスキャッチして何か知らないけど風呂まで入れてくれちゃったルトっていうでっかいイケメンにさ――。

「アアッ！　やっ、やめてえっ！」

「……ッ！」

足を持ち上げられて、舌でケツの穴を解されてる真っ最中だよ！　――てふざけんじゃねえ！　十八年間守ってきた俺の純潔を何勝手に散らそうとしてるんだよルトは！　てゆーか俺男だし！　恋愛対象女だし！

「……甘い」

泣きながらイヤイヤと逃げようとしても、ルトは無言で俺を捕まえたまま一向に離そうとしない。

「人のケツの穴に舌突っ込みながら何ほざいてんだこのクソッタレ！」

すると、無表情なんだけど顔を色気ムンムンに火照らせたルトが、俺の股の間から顔を覗かせて言った。

「俺の陰茎はでかい」

「嫌味かよ！　どうせ俺のはちっさいよ！」

「可愛らしいと思う」

「それ嫌味だよね!?　もう絶対嫌味だよね!?」

ずっと足を高く持ち上げられてるから、段々頭に血が上ってくるしもう……てゆーかなんで俺のちんこ勃ってんの。ふざけんな。

それによく考えたら、ルトの陰茎、つまりちんこがでかいって言ってるのは、俺の中に突っ込む気満々ってこと？　嘘だろ、会って数時間だよ？　一生守るってさっき言った癖に、早々に内臓破壊するつもりだよこいつ。

ギャーギャー怒鳴りながら、ルトの中心についているブツを横目で確認する。——凶器、という単語が脳裏をテロップみたいに流れていった。いや、無理でしょ。やだ、あんなの挿(い)れられたら、俺明日から歩けなくなる自信しかない。

「とにかく離せ！」

「無理だ」

「お前の言ってることが分かんねえよ！」

俺の言葉にハッとしたルトが、キュポンとケツの穴から舌を抜いた。ケツからヨダレがだらりと流れていく。

ルトが、若干申し訳なさそうな顔になった。多分。

「……普段、人と……喋(しゃべ)らない」

「えっ」

「誰かと喋るのも、ひと月ぶりだ」

「あ、そうなの……？」

なに、もしかしてこの世界って魔物にやられて荒廃しちゃって人口が……？

と思ったら。

「いつも、ひとりで魔物退治している」

と言った。あ、ソロ冒険者的な？

ふ、と目を伏せるだけで、とんでもない色気が押し寄せてきた。うっ、まるで甘い匂いを嗅がされたみたいにクラクラしてきた。なんだこれ。

「……説明は、する」

「頼むよ」

やっとしてくれるのか。そう思った俺が馬鹿だった。

ルトが、脇の下に俺の両足を抱えると、無表情のまま告げる。

「終わったら」

「はあっ!?　お前、ふざけ……んあっ！」

ブチュッ！　と俺のケツの穴に突っ込まれたのは、ルトのぶっとい指だった。

「アアッ！　あ、んはっ！　ま、待って……っ！」

「……」

やっぱり無言かよ！　ルトは額に汗を浮かべながら、ぐっちょぐっちょと俺のケツの穴をいじり始める。

「き、汚えし、やめろ……っ」

死にそうな声で伝えるも、ルトの「洗浄魔法した」のひと言で一蹴されてしまった。うわ、でたよ便利な洗浄魔法。じゃあなんでさっき風呂入ったの？

指が二本に増やされる。

「や……っ！　苦し……っ！」

「すぐに解す、待ってくれ」

解し待ちじゃねー！　こいつやっぱり言葉通じてるけど通じてないよ！

ジタバタ暴れても、全くの無駄だった。指が三本入って俺の中でぐっぽぐっぽと厭らしい音を立てる頃には、俺はもう息も絶え絶えになっていた。身体中が熱いし、なんか知らないけどこんな状況なのにほわほわして眠くなるんだよ。俺の身体ってばどうしちゃったんだろう。絶対おかしい。

「はあ……、はあ……っ」

ぐったりとしている俺を、ルトがようやく離した。あ、解放された……？　と思って顔を上げると、ふっと視界が翳る。

「ん……？」

「俺の天使、ユーヤ」

仰向けになった俺の真上には、銀髪をカーテンみたいにして俺の視界を遮って自分だけを見ろとでも言わんばかりの整いすぎた男の顔があった。

「……愛してる、ユーヤ」

あのさ、俺たち今日会ったばかりだよ？

という考えは、性急に重ねられた唇の動きに併せてグググッ！　と強引に俺の穴を割り開かんと差し込まれていくルトのでかちんこの圧の前に、掻き消えた。

8　魔力が馴染(なじ)む

「アッ！　嫌だっ！　む、無理！」

「息を吐け」

「やだ……っ！　……クゥゥッ！」

ルトは強引だった。人と普段喋らないからって、コミュ障どころの問題じゃないよ、これ。

ミチミチ、と限界まで引き伸ばされた俺のケツの穴は、今にもはち切れそうだ。

俺の腰をがっしり掴んで正常位でやばいくらいでかいちんこを俺に突っ込む努力をしているのは、超絶イケメンのルトだ。俺もキツイが、ルトも相当キツイんだろう。顔面も身体も汗でびっしょりだ。

なんだけどさ。

汗ってさ、普通汗臭いじゃん？　なのに、何故(なぜ)かルトが汗を掻けば掻くほど、甘いような爽やかなような、要は凄(すご)くいい匂いが香ってくるんだよ。どういうこと？

それがまるで媚薬(びやく)みたいに、俺の嫌だって気持ちをどんどん萎えさせるんだよ。つまりどういうことかというと、俺のちんこは完全に勃(た)ち上がり、なおかつ絶対性感帯じゃない筈(はず)の腹の中がさっきからキュンキュンして仕方ないんだ。

これは絶対おかしい。だって俺、女が好きだもん！　男に抱かれたいなんて、十八年間で一度も思ったことないもん！

悩ましそうな色気をムンムンに撒き散らしているルトを、ギッと睨みつける。

「て、てめ……っ、俺に何か魔法掛けただろ……っ」

「……」

なんか言えー！

「……痛いか？」

「痛えよこんちくしょー！」

「分かった」

するとルトは俺の下腹部にぺたりと手のひらを当てた。ルトの硬い手のひらは驚くほどの熱さで、思わずビクンッ！　と反応してしまう。お、俺の身体、絶対おかしい！

ルトが、さっき乾かしてくれた時みたいに口の中でモゴモゴ何かを唱える。直後、ふっと痛みが消えた。まじかよ。

赤い瞳が、じーっと俺を見つめる。な、なに。圧が怖えよ。

「……もう痛くないか？」

……おい、キュンとすんじゃないよ、俺の心臓さんよ。

というか、そもそもこんな凶暴なちんこが入る訳がない。こんなのが入ったら、俺は絶対に死ぬ。俺はまだ死にたくないよ。童貞も捨ててないのに。その前に処女が奪われ……てんな、もうこれ奪われたな。ああ……。

何も答えない俺に、ルトが覆い被さってくるとまた食らいつくみたいに強引なキスをしてきた。

「ぶふうっ！」

その間も、ゆさゆさと揺さぶられながら、でかちんこが少しずつ俺の中に入ってきている。嘘だろ、入っちゃうの？

するとその時、ルトのカリの部分と思わしき所が、俺の中のある場所を刺激した。

「はあああんっ」

笑っちゃうくらいあっまい声が漏れた瞬間。

「……ッ！」

顔を真っ赤にしたルトのでかちんこの先端から、俺の中にジュオオオッて熱いものが吐き出されていくじゃないか。え、失禁!? て思ったけど、ルトのちんこがドク、ドクって脈動していることから、射精したんだってことが分かった。

ルトは俺の上でプルプル震えている。あ、これはもしやまだ達するつもりがなかったのにイッちゃったってやつだろうか。散々エロいことを無表情で仕掛けてきたルトにも、一応人並みに羞恥心てもんはあったらしい。ひとつ知れたな。

でも、これはチャンスだ。まだルトのデカブツは俺の奥まで入り込んできていない。つまり、まだダメージは少ない。

「ルト」

「……すまない」

いや、謝らないでいいんだけどさ。

「出たならさ、抜い……」

「だがこれでユーヤは楽になる」

「はい？」

ちゅ、と優しく鼻の頭にキスしてくるイケメン。ごめん、意味分かんない。

「少しすれば、俺の魔力が馴染む」

「はい？」

俺は同じ返しをした。

ぎゅう、と太い腕が俺を抱き締める。ぐるじい。俺の肋骨(ろっこつ)、折れちゃうかもしれない。ミシミシいってない？

「まさかこれほどとは……僥倖(ぎょうこう)」

「もしもーし？」

でも、俺が余裕ぶって（全然余裕じゃないけど）いられたのも、ここまでだった。

「あれ……？」

さっき腹の中にぶちまけられた辺りが、やけに熱い。お腹(なか)から脳天や指先まで、じわじわとゾクゾクするような快感に近い感覚が広がっていった。え、え、なに、本当になにこれ!?

「ル、ルト、俺、変かも」

「魔力が馴染んだんだ」

腹立つくらい無表情のルトが、当然のように答えた。だからさ、ちゃんと説明しろよ。分かんないんだってば。

「ま、魔力……？」

ルトがべろりと俺の頬を舐めた。

「……甘い。だが、まだだ」

「へ？」

もう何が何だか分からないから早く説明してほしいのに、なのに。

手が、勝手に動く。ルトの大きな背中に、勝手にしがみつくんだ。

「あ、あ……」

ぎゅうっとすると、じんとした暖かな幸福感に満たされる。身体の強張りが緩んでいくにつれ、ルトの雄がどんどん奥へと入ってきた。

俺はそれを、嬉しいって思ってしまった。何故かは分からない。

口までもが、勝手に動く。

「ルト、もっと……」

「……！」

だからなんか言えよ。そう思いながら、俺は自分からルトの格好いい口に噛みついたのだった。

9　笑顔が見たくて

そこからは、ただの獣（けだもの）同士の交尾だった。

組んず解（ほぐ）れつっていうのは、こういうことを言うんだろう。

最初は正常位でルトに杭（くい）を打ち込まれていた俺は、ルトに抱きついて噂（うわさ）の駅弁の体位にしてもらうと、叫ぶような嬌声（きょうせい）を上げた。

「深いぃっ！　あん、気持ちいいぃっ」

「ユーヤ、嬉しい……！」

ルトがイけば、ぎゅううっと抱き締め合いながら深いキスを交わす。すぐに硬さを取り戻すと、挿（い）れたまま体位を変えて後ろから獣みたいに激しく突かれた。

「ああっ！　ルト、ルトぉっ！」

あんなにも苦しかった筈なのに、今の俺はルトの全部を呑（の）み込んでいる。

太くて熱いルトの楔（くさび）が打ち込まれる度に、グチャッグチャッという少し前までだったら恥ずかしくて耳を塞ぎたくなるような音が響いた。

でもその音は、今は俺の欲情をもっと駆り立てるだけだ。

「ユーヤ！　愛してる……ッ！」

俺を抱いている時のルトは、永遠に見つめていたいくらい色んな表情を見せてくれる。苦しそうだったり切なそうだったり、かと思うとちょっと照れくさそうだったり。

なんだ、色んな顔があるじゃんって思うと、嬉しくなった。

ルトの無表情が消えるのが楽しくて幸せで、俺はねだりにねだる。

「はあっ！　ああ、もっと、奥にきてぇ！」

ルトの太い首にしがみついて、自らも動いた。俺が積極的になると、ルトは顔を真っ赤にしながら物欲しそうな顔で俺を見ては、苦しそうに呻くんだ。

「く……っ！」

大体この後にイッちゃうのは、何度目かの射精で理解した。

こっちの人間がそうなのかルトが特別そうなのかは分からないけど、一回の放出量が凄まじい。

もう俺の腹はたぷたぷだ。

ちなみに俺のは、水道の蛇口が壊れたみたいにだらだらと出続けている。これってイきっ放しってことなのかな。まあいいや、気持ちよくて幸せだからどうでもいい。

「はああんっ！　ルト、きて、もっときて……！」

「ユーヤ！　俺の天使……っ！」

ルトのでかちんこを完全に呑み込んだ俺の可憐な穴は、最早性器と化していた。いや、むしろ身体の全てが性感帯に変わっていたといっても過言ではない。

それくらい、ルトが触れるところ全てが気持ちよかった。

ルトが苦しそうに唇を噛むと、愛おしさが俺の中にブワーッと溢れる。格好いい頭を腕に掻き抱いては、噛みつくようなキスを繰り返した。

ルトが吐精して俺の中に放つ度に、俺の身体の中が熱くなって酩酊感が深くなる。

「ルトぉ……っ！　好き、好きぃ……っ！」

快楽に溺れて脳みそが溶けてしまった俺は、訳も分からずルトに好きだと繰り返した。だって、そう言うとルトが本当に幸せそうに笑うんだもん。

俺はその笑顔がどうしても見たくて、何度も何度も、声が嗄れるまで好きだって言い続けた。

ベッドの上はグッチャグチャ。ルトがもう何度目か分からない吐精をしてちょっとした賢者タイムに入って、上から俺を押し潰すように抱きついている時。

今更ながら、窓の外がすっかり明るくなっていることに気付いた。嘘だろ。

ルトの雄っぱいに顔を半分埋めながら、ルトを見上げる。

「ルト……朝が来てる」

「そうか」

そうかじゃないよ。何時間ヤッたの、俺たち。

物凄い時間が経ってたと気付いた途端、眠気が襲ってきた。俺の頬にスリスリして目一杯愛情表現をしているルトに、とろんとした目を向ける。

「ルト、寝たい。抜いてよ」

さすがに入れっ放しのまま寝たら、大事な場所が開きっ放しになってやばいことになりそうな気がする。

だけど、ルトは小さく首を横に振った。なんでだよ。

「初回にちゃんと馴染ませたい。まだ蓋をしてる」

「蓋……？　これ、蓋してるつもりだったのかよ」

絶対に抜かないなーと思っていたら、ちゃんと意図があったのか。馴染ませるっていうのがよく分からないけど。

「そうだ」

「ふうん。あのさ、ちょっと身体持ち上げて」

俺が言うと、ルトは筋肉でぱっつんぱっつんだけどふかふかの素晴らしい雄っぱいを退けてくれた。

俺はこの数時間で、雄っぱいのよさを学んだ。弾力あるし柔らかいし、サイコーです。でも乳首を舐めたら驚いてた。驚いたルトの顔もよかった。お腹の中がキュンとするから。

ルトが避けて俺たちの間に隙間ができた途端、もわあ、と甘ったるくて幸せになる、なんとも言えない香りが立ち上る。

スン、と鼻を鳴らした。

「この匂い、好き」

段々と開けているのが辛くなってきた瞼を懸命に上げながら、ルトに笑いかける。

「この匂いが分かるか」

少し意外そうに問いかけるルト。そんなルトの銀髪が顔に触れて擽ったくて、指にくるくると巻いて遊ぶ。

「うん、甘い匂いだろ」

「……ユーヤにしか嗅げない匂いだ」

「ええ？　なにそれ……」

よく分からないけど、眠くて何だか愉快になってしまって、クスクスと笑う。

空間を見る。普段はぺったんこな自分の腹に手を触れた。下腹部が、ぽっこりと膨らんでいる。タプタプとしているのは、注ぎ続けられたルトの愛液だ。それで、中で未だ存在感を放っているのが、ルトのルト。少し縮んでも、それでも大きい。

「ルトは俺が好きかー」

「……」

お腹の中にいるルトを上から撫でると、ぴくりと動いたのが分かった。

「へへ、可愛い……」

次第に限界が訪れて、瞼が落ちていく。ルトは俺を抱えて自分が下になった。俺の上に、ふわりと布団を掛ける。優しいじゃん、ルト。

「可愛いのはユーヤだ……」

聞き心地のいい低い声が、俺の子守唄になった。

10　出発の時

　次に目を覚ますと、目の前には滑らかな隆起。無骨な突起があったので、指先でツンツンした後摘(つま)んだ。

「……っ」

　すると、俺の中にいた俺以外の生き物が、ぐん！　と硬く大きくなっていく。

「ぅん……っ」

　マジかよって自分でも思う甘ったるい吐息が漏れた。

　あれ、今ってどういう状況？　と上を見てみると。

　美神かな？　ていうくらい最高に整った顔の男が、欲情してますって顔で俺を凝視していた。怖い。

　あ、ここってやっぱり現実なんだっていうがっかり感と、ルトが一緒にいるという安堵(あんど)が、同時にやってくる。

「……支度をして宿を出ようと思ったが」

「あ、ここって宿屋だったのか？」

　そういや王都に家があるって言ってたもんな。

「……ああ」

「昨日のは魔物退治ってこと？」

「そうだ」

「そっか、退治が終わったから一泊して帰るって流れ？」

「そうだ」

昨日ぐちゃぐちゃに抱き合った時には見せてくれた色んな表情が、今のルトにはない。ちえ、また無表情に戻ったのかよ。

でも、なるほどなるほど。何となく分かったかもしれない、と俺はひとり頷く。

ルトは、はっきり言ってコミュ障だ。俺の質問に対して、きちんとした答えが返ってこない。キャッチボールが下手くそなんだな、多分。

そこで俺は気付いたんだ。ルトにイエス・ノーで答えられる質問をすりゃいいじゃんって。俺って天才じゃね？

「じゃあこれから王都に向かうってことでいいの？」

「ああ」

ほーらな！

ルトの大きな手が、昨夜散々ぱちんぱちんとルトの下腹部に叩かれて少し腫れてる感のある尻たぶをむぎゅっと掴んだ。いやん。

思わずぞくっと期待しちゃった俺、大丈夫？

いや、これはちょっとルトの強引さに流されただけで、俺は望んでルトに抱かれたんじゃない！

これは仕方なくの結果であって、俺は……っ。

「だが、その前に」

「え？」

ルトの赤い目を見た直後。

「のわっ⁉」

ズンッ！　とルトのでかちんこが俺の最奥まで突っ込まれた。あまりの衝撃に、視界にチカチカと星が瞬く。口が開きっ放しになって、「あ……あ……っ」という掠れ声が勝手に漏れる。

ゆらりと上半身を起こしたルトが、動けないでいる俺の足を前に移動した。ぶっとい片腕は俺の背中に、もう片方の腕は俺の膝裏に差し込んで、ひと言。

「ユーヤが欲しい」

さっきまで無表情だったのに、そんな切なそうな顔されたらさ。

こくんと頷いた俺を見た直後、ルトは噛み付くみたいに荒々しく俺の唇を奪った。

◇

対面座位でアンアン鳴かされた後は、繋がったまま風呂場に連れて行かれて湯船で第二ラウンドが始まった。

……風呂で暴れちゃいけません。今回学んだ教訓だ。

「目が回る……」

「すまん」

「なんでルトは平気なんだよ……っ」

「……すまん」

あーもう、会話にならねえ！　と思ってキッと睨んだ。のぼせてぐったりとした俺に制服を着せているルトの眉毛が少しだけ垂れ下がったのを見て、キュンとする俺の心臓。いや待て。何キュンとしてんの。昨日のアレは、一夜の過ち。今のこれは、……ええと、その。

ルトは鎧をコンパクトにひとまとめにすると、背負った。ルトの今の格好は、冒険者っていうよりは週末の貴族みたいだ。平日の貴族も知らんけど、イメージってやつね。

シルクっぽいシャツに濃紺のジャケットを羽織って、黒の膝下までのズボンを穿いている。黒いブーツは魔物退治に履いていったものと同じらしくて、赤黒い液体がこびりついているけど……。見るのやめよ。

鞄も背負うと、俺を横抱きに抱き上げた。俺を歩かせる選択肢はないらしい。ルトの動きに迷いは一切なかった。

腹の奥がずくんときそうな低い声で、ルトが言った。

「日の明るい内に出たい。急ぐぞ」

「今のエッチが余計だったんじゃ……？」

俺のぼやきを聞いたルトは、目だけを動かして俺を見る。怖いってば。

「……ユーヤとの愛の営みは、別だ」

愛の営みって言ったよ、こいつ。え、ルトの中では俺たちって両想い確定なの？　あ、でも俺昨日散々好きって言っちゃった。だってあの時は好きだと思ったんだから仕方ないだろ。今は冷静になってるから、もう流されることもないけどな！

「ユーヤ、愛してる」

ルトの顔が近付いてくる。避ければ躱せるんだろう。だけどさ、まだ一度も見たことがないルトの悲しそうな顔は、ちょっと見たくないって思ったら。

「……ん」

緩く口を開く。啄むようなルトの甘ったるいキスを、どうしたって溢れてくる多幸感と共にぞくぞくしながら味わった。

11　馬の名は

部屋を出ると、いくつものドアが並ぶ廊下を進んで行く。

他の部屋、ちゃんとあったのか。あまりにも静かだから本当に宿屋？　てちょっと疑ってたよ。でも、どこからも物音も話し声もしない。宿屋自体はそれなりに綺麗(きれい)だから、廃墟(はいきょ)とかじゃないんだろうけど、どういうことなんだろ。

廊下を通り抜けると、受付らしい場所に出た。カウンターがあるだけの狭い作りだ。

案の定カウンターの中には誰もいなくて、代わりに麻袋が置いてあった。上からパンの先端が覗(のぞ)いているから、食べ物が入ってるんだろう。

ルトが目だけ動かして俺を見下ろす。やっぱり効果音はズモモモだよなあ。でもこの人と俺、最後までヤッちゃったんだよなあ。自分の軽率な行動が信じられない。

まあ問答無用で突っ込まれたんだけどさ。あ、思い出したら下腹部がズクンときた。

それか、あれかな。異世界転移のショックが強かったのかもしれない。唯一出会った人間がルトだったし、ルトがいなけりゃ生き延びられる気がしないし。

だからルトといれば大丈夫だって自己暗示をかけて、それが気持ちよさに……繋がるのか？

多分、いやきっとそうだ。でなきゃ、普通に女の子が好きな俺が、いくらイケメンだからって男と……ねえ？

それにしても、あんなでかいのを俺の尻はよく受け入れられたもんだ。もしかしたら、俺そっちの才能が……？　いやいやいや、きっとこれには異世界なりのチート的な……て、俺召喚されてないし。途中で落ちたし。……うーん。

なんてああでもないこうでもないとぐじゃぐじゃ考えていたら、ルトが例のゾクッときちゃう低い声で言った。

「ユーヤ、袋を」

いい声……。ぽやんとしそうになったけど、気を引き締めて返事をする。

「あ、うん」

ルトは俺を抱いているから、両手が塞がっている。俺に代わりに取れってことなんだろう。

麻袋を手に取ると、中を覗いた。やっぱりこの袋には食べ物が入っていて、果物っぽいものやら何やらが詰め込まれている。

「行くぞ」

「うん」

俺が麻袋をしっかり抱えると、ルトはスタスタと宿屋を出ていった。

外に出る。真っ先に目に飛び込んできたのは、中世のどこかの田舎町というか、穏やかで純朴な村の風景だった。

高い建物がなくて、大体が平家。レンガを積み上げたいかにもな家が並んでいて、普通だったら「おー！　異世界！」てテンションが上がるところだろう。

だけど、俺は先ほどから感じていた違和感の正体に気付いてしまい、興奮できなかった。

人が——いないんだよ。町に人が生活している気配は感じる。だけど、人っ子ひとり姿が見えない。まるでかくれんぼをしていて俺たちが鬼みたいな、そんな雰囲気だ。

「なあルト……他の住民は？」

「避難してる」

ああ、あの魔物の数だもんな。だからか、と納得しそうになったけど、でもじゃあこの麻袋は誰が？

更に質問しようとした時。ルトが突然甲高い口笛を吹いた。え？　なになに？

ルトは俺を横抱きにして突っ立ったままだ。

「ルト？　今の口笛、なに……」

俺の質問を遮るように、野太い獣の咆哮(ほうこう)が響き渡った。

「ブルルルッ！　ヒヒイイインッ！」

「きたか」

「へ……」

ルトが上空を見上げたので、つられて俺も見上げる。

青く晴れ渡った空を舞っているのは、大きな翼を持つ黒馬だった。えっ！　格好いい！　ユニコーンていうんだっけ!?　ペガサスだっけ!?　違いがよく分かんないけど、とにかく黒い翼の生えた馬が旋回して降りてきている。

興奮気味にルトに尋ねる。

「ルト！　あれなんだ⁉」

「天馬だ」

「天馬？　すげー！　格好いい！」

はしゃぐ俺のこめかみに、さりげなくキスしないで。

「魔獣を騎乗用に慣らしたものだ」

「魔獣」

魔獣ってあれだよね？　昨日ルトの周りで死んでたのだよね？

「ええ……俺近付いて大丈夫なの？」

思わず顔を引き攣らせた。ルトは相変わらず無表情のまま、こくりと頷く。

「あれは俺に従順だ。俺の匂いが染み付いたユーヤにも、危害を加えることはない」

匂いってアレですか。散々俺の中に注いだやつのこと言ってる？

黒い天馬は宙を駆け降りてくると、俺たちの前にズウウウン……ッと砂煙を立てて着陸した。

「うお……っ」

天馬ってさ、普通は細くてしゅっとしてるイメージじゃん？　それがさ、この黒い天馬は、ご主人様と同じででかいし鼻息荒いし、魔王が乗ってるやつじゃね？　て感じの威圧感満載だった。当然、効果音はズモモモだ。

「でっかいな……」

あんぐりと口を開けて見上げていると、鋭い眼光の天馬がプルルルッと鼻を鳴らした後、ピンと胸を張った。格好いい！　名前は絶対黒鬼丸とかそういうのに違いない。

ルトを見上げ、ちょっとワクワクしながら尋ねる。

「なあ、こいつの名前なんて言うんだ？」

「ルンルン」

「は？」

「ルンルンだ」

嘘だろ。なにそのファンシーな名前。

ルトは俺をルンルンの鞍の上に乗せると、ルンルンの鼻面をポンと撫でた。

「ルンルン、これは俺の天使、ユーヤだ」

「ブルルルッ」

「たとえ俺に何があろうと、ユーヤを守り抜け」

「ヒヒン！」

なんか言葉通じてない？　え、魔獣ってそういう感じなの？

ルトはルンルンのお尻の上に荷物を載せると、ひらりと俺の後ろに跨った。

「王都へ向かうぞ」

「う、うん……」

あまりにも情報量が多すぎて、俺は顔を引き攣らせながらそう返すことしかできなかった。

12　レベルカンスト

町を出ると、すぐ森の中に入った。

ルンルンが地面を踏む度に、ドン！　ドン！　という重量感満載な音が響き渡る。

しばらくはバランスを取るのに必死だったけど、少し慣れてきた。ここでようやく、「俺の天使」の説明をするすると言われて未(いま)だにされていないことに気付く。

いい加減説明してもらわないと、俺だけ事情が分からなすぎてる。

未だにルトがどこの誰だかも分かってないのって結構問題な気がするんだよな。ルトの身体(からだ)は知ってるのに……て、たった一日で俺の経験値が無駄に上がり過ぎて怖いよ。

「なあルト」

後ろを仰ぎ見ると、超絶イケメンが無表情で俺を見下ろしながらチュッと唇を奪った。……うん、だからな、今俺は話をだな。

ルトの顔面を手で押し返す。

「ルト、ちょっと待て！　天使って何かを説明するって言ってただろ！」

「そういえばそうだったな」

こいつ、しれっと言いやがって。ジロリと睨みつけると、今度は顎を掴(つか)まれて顔を仰(の)け反らせた状態でくちゅくちゅと深いキスをされた。……はうう、気持ちいい……。

「……んっ」

こら俺、甘い声出すなよ。

とろんとなりそうになるのを必死で堪え、もう一度ルトの顔面を押し退ける。

「説明！」

歯を剥いて怒った顔をすると、ルトがこくんと頷いた。ようやく説明する気になったらしい。やれやれ。

「天使とは、器のみの存在だ」

「器？」

「魔力を持たない異世界人だと聞く」

なるほど？　ということは異世界人イコール俺、俺イコール魔法使えないいってことね？　……ちょっぴり残念だ。折角ファンタジーな世界に来たのにさ。

「うん。で？」

「で、とは」

「続きがあるだろ。それがどうして『俺の天使』になるんだよ」

ルトは暫く考え込むように黙った後、無言のまま俺の制服の前をくつろげ始めた。どぅわっ！唐突！

ルトのぶっとい腕を掴んでこれ以上剥かれるのを阻止しようとした。だけどルトの筋力と無駄に器用な指先に、俺の前は一瞬でオープンな状態になる。

「ちょおっ！　ルト、何やってんだよ！」

見渡す限り人はいないけど、だからっていきなり剥かれて心穏やかにいられるほど俺はこなれていない。

慌てる俺の手をあっさりと拘束したルトは、剥き出しになった俺の薄い下腹部に熱い手のひらを当てた。

「……ッ！」

やめろ。それをやられると、ぞくりとするんだよ。

俺がビクンとしていることなんてお構いなしに、ルトは淡々と続ける。

「魔力を器に注ぐと、ここに淫紋が浮き上がる」

「は？　淫紋？」

「ここだ。少し出てきているな」

「はあっ!?」

ルトが触れる部分だけが、いやに熱い。

「ふ……っ」

下腹部がずくんと疼く。どうも俺は、ルトに触られるだけで感じちゃうらしい。ぽわんとして幸せな気分になっちゃうんだよ。え、やばくない？　この症状。

「見てみろ」

ルトに言われて、恐る恐る自分の腹を見下ろす。

「……なにこれ」

言いたくもなるだろう。だってさ、俺の陰毛から臍（へそ）にかけて、薄いピンク色のアラベスク模様みたいなのが確かに浮き上がってるんだから。

ピンクに発光しているというエロエロな光景に、「これって元の世界に戻ったら消えるのか!?」と不安になってきた。

こんな模様が浮いたままじゃ水着にもなれないし、女の子とそういう雰囲気になってもドン引きされるんじゃって思うと……うわ、嫌だ。

背中越しに覗（のぞ）き込んでいたルトが、低めのいい声でボソリと呟（つぶや）く。

「まだ薄いな」

「薄いとなんなの」

「他の奴（やつ）らに狙われかねない」

「ごめん、意味分かんない」

そして、俺のお尻にゴリッと当たっているルトのでかちんこがガチガチになっている意味も分からない。さっきしたばっかだよね？　この人絶倫？　それともこっちの世界の人ってみんな絶倫なのかな？

ルトが、とんでもないことを呟いた。

「……王都に着く前にもっと濃くしなければ」

「もしもーし、ルトさーん？」

ルトはコミュ障だ。だから当然、俺の話なんざ聞いちゃいない。

「のわっ」

突然、子どもがおしっこをする時みたいに膝裏を持ち上げられる。そのまま俺のズボンをパンツごと膝上まで脱がした。だからなんで剥くのは一瞬なんだよ！　才能特化しすぎだろ！　剥きレベルカンストかよ！

「こ、こらー！　いくらなんでも外でなんてっ」

ちゅ、と耳裏にキスされる。はうんっ。

「誰も見ていない」

「そ、そういう問題じゃねえ！」

ルトはずるんと陰茎を出すと、迷うことなく俺のケツ穴に照準を定めた。……聞いちゃいねえーっ！　このコミュ障が！

当然、俺は暴れた。ただでさえ勝手に処女を奪われたのに、翌日には青姦（あおかん）？　しかも馬上？　無理無理無理！　俺にだって人間の尊厳ってもんがあるんだーっ！

「馬の上で挿（い）れるとか馬鹿かお前！」

「俺はユーヤの前では馬鹿なひとりの男に過ぎない」

格好いい風なこと言ってるけど、違うからね!?

馬の上で陰部丸出しで抱えられているのが耐え難（がた）いくらいに恥ずかしくて、ジタバタと暴れた。

すると、ルトが耳元で囁（ささや）く。

「暴れると危険だぞ」

無駄にいい声で、身体が一気に弛緩（しかん）する。——はっ！　だめだ！　ルトに伝わってしまう！　急いで虚勢を張った。

でも遅かった。

「お前がそうさせてんだろーが！　——はあんっ！」

ずぷん。

さっきまで俺の中を縦横無尽に暴れまくっていたルトのルトが、俺の中にあっさりと呑（の）み込まれていった。

直後、全身を痺（しび）れに近い快感が走り抜けていく。

かは、と咳（せ）き込むと、あまりの快楽に震えながら、涙目でルトを睨（にら）みつけた。

「ば、馬鹿……っ」

ほんのり頬を赤く染めたルトが、最高の笑みを浮かべる。

「そうだ、俺は馬鹿だ。ユーヤしか見えない馬鹿だ」

がぷり、と荒々しく唇を奪われると、俺の抗議の言葉はそれ以上発せられることなく呑み込まれていった。

13　説教タイム

俺の視界に映るのは、森の中に出来た細い道とルンルンの黒い頭だ。

「あ……っ、や、め……っ、んん、」

膝裏を持たれ、股間丸出しでぐっちょぐっちょとでかちんこを出し入れされている。

あんまりだ。俺の人権はどこにいった。

「ひぐ……っ、ぐす……っ、もうやだ……っ」

あまりの羞恥に耐え切れず、両手で顔を覆って泣き出してしまった。そりゃ泣きたくもなるよ。だってルトの奴、有無を言わさず剥いて突っ込むんだもん。

どうせ俺が泣こうが喚こうが、ヤりたきゃヤるんだろ。俺が嫌がろうが、ルトには分かんないんだ。だってコミュ障だもんな。

だけど。

ぐっぽぐっぽと腕の力だけで俺を上げ下げしていた動きが、突然止まった。

「ぐずっ、うっ、うっ、」

「……ユーヤ?」

どうしたんだと言わんばかりの声色に、苛立ちを覚える。これだけ好き勝手やって、今更かよ。

振り返りざまルトをキッと睨みつけると、予想外にもルトの焦り顔がそこにあった。……なんだよ、そんな顔もできたのかよ。

「……何故泣いている」

思わずくらりとした。分かんねえのか。嘘だろ。どんだけコミュ障なんだよ。

「すまない……説明してくれ。分からないんだ」

「……」

ヒックヒックと泣きながら無言で睨んでいると、ルトの赤い目がじわりと濡れてくるのが見えた。形のいい薄い唇が、細かく揺れている。……震えてるのか。え、マジで？

「……ひっく……とりあえず、抜け」

泣き声で弱々しいったらなかったけど、精一杯怒りを顕にして言ってみた。ルトはこくこくと頷くと、すぐに俺を持ち上げてガチガチのでかちんこをずるりと抜く。

「――ッ」

あっまい声が漏れそうになったけど、今俺は激怒してるので懸命に耐えた。

自分でパンツとズボンを引き上げる。時折ぐず、と鼻水を啜る度、ルトがビクッと反応するのが分かった。何怖がってんだよ。散々好き勝手しておいてさ。

「ユ……ユーヤ……頼む、説明を」

怯えた様子で尋ねてくるルト。顔面が美神レベルなだけに絆されそうになるけど、冷静になれ、俺。今こいつ、ちんこ勃てたまま丸出しにしてるんだぞ。

やってることは変態行為そのものだ。そして俺は変態の仲間入りはしたくない。純粋な童貞の男子高校生を捕まえて、本当なにやってんだよこいつ。

大仰に「はあー……」と溜息を吐いてみせる。ルトを振り返りつつ少し距離を空けると、ジロリとルトのちんこを見た。

「まずはソレしまえ」

「わ、分かった」

ルトは大急ぎで勃ったままのちんこを服の中にしまった。だけどデカすぎてズボンの上から亀頭がこんにちはしている。……笑うなよ、俺。今はお説教タイムなんだから。

「しまった。しまったから、ユーヤ」

今にも泣き出しそうな顔は、捨てられた子犬にしか見えない。……その顔マジでやめろよ。怒りが萎んじゃうだろ。それに飛び出したままだし。

このクソイケメン顔でちんこはみ出したまま泣きそうになってるって、どんだけ属性盛ってんだよルト。

「あのな、ルト」

「……」

出たよ無言。……でもさ、これってただのコミュ障なんじゃなくて、もし他に会話する人がずっといなくて相槌の打ち方すら分かんないんだとしたら？

ふと気付いてしまった可能性に、背中がぞくりとする。

そうだよ、俺と喋ったのが、ひと月ぶりだって言ってたじゃないか。それに、生きている町なのに人がいない異様な光景。……まさかこいつ、他の人間に避けられてるのか？
俺にやたらと甘えて擦り寄ってくるのも、唯我独尊だからじゃなくて、マジで嬉（うれ）しかったからだったとしたら。

――なんなんだよ。ルトの奴、全部説明が足りな過ぎて分かんねえよ……！

「俺は、外で恥ずかしい格好をさせられたのが凄（すご）く嫌だった」

怒りからの興奮が、急激に冷めていく。だってさ、もし会話の経験不足からのコミュ障だとしたら、ルトにははっきり言ってやらないと伝わらないかもだろ。察してくれなくて怒っても、ルトは本当に分からないんだとしたら。

――俺が教えてやるしかないだろ。だって俺はルトに愛されてる男だもん。

ルトの瞳が不安そうに揺れる。

「嫌いになったか……？」

「ごふっ！」

心臓と下腹部が、同時にキュンとした。か、可愛（かわい）い……やばい、でかい男の泣きっ面（つら）に不安げな眼差（まなざ）しは、すげえそそられる。

こほん、と小さく咳払（せきばら）いをする。

「嫌いにはならねーよ。ただ、俺の意思を無視して嫌がることを続けたから怒っただけだ」

「……嫌がることとは」

「あのな、人がいようがいまいが、こんなところで下半身剥（む）かれて突っ込まれんのは勘弁なの！

俺には羞恥心が人並みにあるから、恥ずかしいの！」

　ここまで言って、ようやくルトは理解したらしい。

「なるほど……俺が嫌になったのではない、か？」

「ばーか。なってないし」

「……ッ！」

　直後、ブワッ！　とルトの赤い瞳から涙が溢れ出した。うわっ、え、そんなに泣くほど!?

　肩を震わせながら唇を噛むルトを見て、俺の怒りはぐんぐんと薄れていき。

「よかった……ッ」

　気が付けば、ルトの頬を両手で挟んで引き寄せて、触れるだけのキスをしていた。

　ぱちくりと瞬きをするルト。あれ、まだ笑わないな。

「あのな、外では大事なところは隠すの。それにさ、万が一誰か他の人とすれ違って、俺の股間をがっつり見られてもお前は平気なの？」

「――いやだ！」

　だよな。そうだと思った。だけどそんなことすら言われないと気付けないほど、きっとルトは他者との関わりなく生きてきたんだろう。多分だけど、そんな気がした。

　何故なら、行動の視点が全部ルトの主観しかないように見えたからだ。隣にいる誰かの立場に立って考える、ということを、ルトは一切していない。……隣に人がいたことがないなら、そもそも考える機会すらなかったんじゃないか、なんて。

「こほん。……じゃあ他の奴らの目から俺を隠せよ。俺のことが大事ならさ」

「大事だ……！　何よりも大事だ！」

言った後、「あれ？　これって囲い込んで監禁しろっていう風に聞こえないか？」と一瞬思ったけど、……うん、まあいいか。

「よーし、いいこいいこ」

泣いているルトが可愛過ぎて頭を撫でてやる。と、ルトが恐る恐るといった体でお伺いを立ててきた。

「なら……代替案なんだが」

「はい？」

相変わらずズボンの上から飛び出したままのでかちんこを見やりながら、ルトの代替案とやらを聞くことになった。

14　王都まであと僅か

「ああんっ！　あっ、そこっ！」

「ユーヤ、ユーヤ……！」

俺の股間を世間に晒すなと説教したところ、ルトから代替案を提案された。その内容がこれだ。

まず、ルトに向き合って、既に何度目かになる対面座位でルトのでかちんこを俺の可憐な穴にぶっ刺す。そこから、ルトごと俺をマントで覆い隠し、ヤることと言えば――もう当然ながらエッチです。一択だよな。

だって、「王都に着くまでに、淫紋を完璧に仕上げないと怖いんだ」と泣きながら訴えられたんだ。こんな顔面に泣かれて縋られたらさ……。

淫紋の仕上がりって何なんだとか、仕上がってないとどうなるんだって説明は、当然ながら全て省かれたままだった。

だけど、ルトの怯える様に下腹部がキュンとしてオッケーしてしまった、俺の貞操観念の緩さ。

……おかしい。俺は純朴な男子高校生だった筈だ。判断の可否が下半身の疼きってどうなんだよ、俺。

「ひぃん……っ！　ルト、激しいよお……っ！」

「ユーヤの前では、俺はただの雄になる……！」

格好いい風なこと言ってるけどね、要は盛ってますって言ってるだけだからね。ルトの奴、これが素なんだから凄いよな。オブラートに包むとかいう言葉なんて知らないんだろうなあ。

人語が分かってそうなルンルンは、自分の上で俺たちが何しようが我関せずだった。それだけがありがたかった。ルンルンごめんね、後で撫でていい？

「あっ、あっ、イく、イッちゃう……！　——はあああんっ！」

ルトと俺の腹に挟まれた俺のちんこから、ぴゅっと出ていく。ほぼ同時に、「——アアッ」という色気満載な声がルトの口から発せられて、俺の中にジュオオオッ！　とルトの精液が大量噴射された。だから量がえげつないって。

快感と多幸感から、くったりとルトに寄りかかり肩で息をしながら目を閉じる。

どうせ「蓋をする」って言うに決まってるから、もう「抜け」と言う無駄な努力はやめた。

「……疲れた、寝る」

「……」

無言ね、分かってますよ。でも、言わないなら、言わせるまでだ。

「おやすみルト」

ルトのハッと息を呑む音が聞こえた。

「お、おやすみ……！」

声が嬉しそうだなあ。

思わずにんまりしながら、沈むように深い眠りへと落ちていった。

◇

「——ユーヤ、ユーヤ」

耳元で、エロくて性感帯がゾワゾワ反応してしまう聞き心地のいい声が俺を呼ぶ。

「う……ん」

俺の中にまだルトのでかちんこが入ったままなのは、ルンルンが歩く度に揺れて擦れるからすぐに分かった。温かいし腹の中がずくんとくるのが、じわじわと幸福感を与えてくれる。

……え、俺処女喪失から二日目にしてちんこにはまったの？　いやいや……いやいやいや。俺はちんこ狂いじゃない！　断じて違うぞ！

「ユーヤ、済まない。起きてくれ」

ルトの、ちょっぴり困ったような声色。さっき俺が一方的に怒った時の怯えようが脳裏に浮かび、「あ、すぐに起きないと」って気持ちが焦り出した。だって、寂しがりやなルトをひとりにはできないし。

「……ふわああ……っ」

欠伸をしながら、半目を開ける。目の前には、やっぱり無表情だけど俺のことが大事！　て態度で分かるルトの美神の如き神々しいご尊顔があった。頭撫でてやりたい。可愛いな。

「どうした……？　まだシたいのか……？」

ほわりと笑いかけると、ルトの逞(たくま)しい喉仏が「ごくん」と鳴る。はは、ヤリたいんじゃねーか。

俺が起きるまで耐えてるとか、こいつ本当忠犬だよな、あは。

憂いを帯びた眼差しで、ルトが言った。

「続けたいのはやまやまだが、もうすぐ王都に着く」

やまやまなのか。どんだけ俺とヤリたいんだろう……て一瞬だけ思考放棄しそうになったけど、『王都に着く』という聞き捨てならない言葉があったことで、すぐに意識を取り戻す。

「――え、王都？」

頭が少しずつ覚醒してきた。辺りを見回す。畑と林の合間に、ポツンポツンと人家があるのが見えた。

対面座位で挿(い)れっ放しで寝ていたから、進行方向はまだ見ていない。首を捻(ひね)って振り返ると――。

でっかい街の中心に、グレーのいかにも中世の城！　な城が聳(そび)え立っていた。

脳は一気に覚醒し、圧巻の光景に自然と笑みが溢れる。

「うお……すげえ！」

「あれが王都だ」

ルトの眼差しは、少し寂しそうだった。

「……さすがに抜かねばいけない」

「寂しそうな理由はそれかよ」

軽く睨(にら)むと、少し眉毛を垂らしたルトが「離れ難(がた)いんだ……」と呟(つぶや)く。……うん、キュンときた。

ルトの目が、熱を帯びていく。

「人目に付かない場所に行こう」

「お……っ、おう」

俺がキュッと締めたせいか、ルトのちんこの重量が増してきている。これはヤるよな、きっとヤるんだよな？　と、期待してしまっている自分の馬鹿さ加減に嫌気が差した。

木陰に連れていかれると、ルトは俺を軽々と抱いたまま、ひらりとルンルンから下りる。多分俺の為（ため）に周囲に人気がないことを確認すると――。

「……ユーヤ、もう一回シたい……っ」

欲情した雄の目で言われてしまい、俺は返事の代わりに、ルトの口の中に舌を突っ込んだのだった。

15 知ってしまった事実

木の幹に両手を突いてケツを突き出し、ルトに二度ほど中に出された後。

ルトは人の下腹部を好き勝手に撫でながら、感嘆の声を上げていた。

「見事だ」

「ねえ、エロすぎじゃね？　俺の腹、一体どうなっちゃったの？」

「これぞ美だ」

認識の差って個人差あるよな。ルトは洗浄魔法で体液まみれの俺の下半身を綺麗にすると、「よく見せてくれ」とちんこ丸出しの俺の前に膝を突き、人の下腹部を大事そうに撫で回し始めたんだ。やめろ。

「これでユーヤは完全に俺だけのものだ」

俺の下腹部に超絶美形が頬擦りしている。脳みそがバグりそうな光景だ。おいそこ、さりげなくちんこを上から撫でない。

「なあ、淫紋の説明も聞いてないいんだけど」

「俺のもの……っ」

陰毛の上から臍辺りまで浮き出たアラベスク模様は、今やド派手な蛍光ピンクに光り輝いている。えげつない。

俺の質問に基本殆ど答えないルトは、顎を震わせながら淫紋をなぞるように唇を当てていった。恍惚の表情っていうのは、こういうのを言うんだろう。

　こりゃ聞こえてないな……。

　諦めて木の幹に寄りかかると、目の前に広がるファンタジーな景観をぼんやりと眺めた。両手はルトの銀髪の上だ。よしよしすると、こいつすっげー喜ぶからな。無表情でも俺には分かるんだ、へへん。

　会ったこともない、これまでルトを虐げてきただろう顔も名前も存在すら知らない奴らに向かって、心の中で舌を出した。

　こういうのを、何て言うんだろう。庇護欲？　滅茶苦茶格好いいし強いのに寂しがりやで甘えん坊なルトの姿は、きっと俺しか知らないし。……て考えると、ちょっと独占欲も入ってたりして。だってルトは俺が大好きだもんな。特権てやつ？

　淫紋に触れていたルトが、いつの間にかもう少し下に移動してきていて、ルトと比べたら大分小ぶりな俺のちんこをぱくりと口に含んだ。

「ぬおっ」

　驚いてルトを見下ろすと、エロく上気した顔で俺を見上げる赤い瞳と視線が交わる。いたずらが見つかったたっていうのに、もごもごと口の動きを止めない辺りがルトだよな……。

「こらっ！」

　ポカンとルトの頭を拳で軽く叩いた。ルトの眉が少しだけ下がる。

「王都に行くんだろ！　いい加減にしろ、お前は色欲の塊かよ」

「ユーヤの前れは、俺はたらの男……」

「咥(くわ)えたまま喋(しゃべ)るなーっ！」

ルトの頭を両手で掴(つか)むと、勢いよく後ろに引っ張る。ちゅぽん、といい音を立てて、ルトの口から俺のちんこが抜けた。やれやれだぜ。

またしゃぶられる前にそそくさとズボンを穿(は)くと、ルトが名残惜しそうな目で俺の様子を見ている。どんだけだ。

銀色の頭を、今度は優しく撫(な)でる。

「ほら、早く案内してくれよ。ルトの家があるんだろ？」

俺の言葉を聞いた途端、嬉(うれ)しそうに頬を緩めるルト。

「……そうだ。俺とユーヤの愛の巣だ」

「ぶっ……本当お前ってさあ……っ」

おかしくなって、ケラケラと笑う。立ち上がったルトは、俺を木の幹に壁ドンすると――。

「――ん、」

牧歌的な景色の中。

俺たちは、しばし甘いキスを堪能(たんのう)したのだった。

◇

ルトは「絶対に離さない」と宣言すると、ルンルンの上に俺を乗せてぴったりと密着してきた。まだヤリ足りないんだろう。ルトの中心の主張がやかましい。

王都はファンタジー世界でよく耳にするいわゆる城塞都市というやつで、見上げるほどの高さの城壁がぐるりと街全体を囲んでいた。魔物が出る世界だから、守りも堅固にしないといけないのかな。

ルンルンに騎乗したまま、城壁の手前にある堀の上の跳ね橋を渡る。

これまた見上げるほどの大きさの城門に向かっていると、槍やらさすまたやらを持った衛兵っぽい人たちが、俺たちを見て何やら騒ぎ始めた。指なんか差してるんだけど失礼だな。

ルトを振り返り、尋ねる。ルトの表情はやっぱり無表情のままだけど、なんだかちょっぴり誇らしげに見えるのは何でだろう。

「なあルト、あの人たちどうしたの？」

「俺がユーヤといるのを見て驚いているんだろう」

当然のようにルトは言うけど、それってどうなんだよ、と思わずムッとしてしまった。

「なあ、ルト。お前さ……他の奴らに無視されてんのか？」

「無視……ではないな」

「じゃあなんだよ。だってお前さ、そりゃちょっと人の話聞かないところあるし強引でエロいけど、凄えいい奴じゃないか」

「……」

だからそこ、無言にならない。

ルトの服を摘む。

「なのになんでひと月も誰とも喋らなかったんだよ？　普段人と喋らないってどうして？　しかもあんな数の魔物をひとりで倒してさ。ああいうのってパーティー組んで討伐するもんじゃないの？　なんでルトがそんな目に遭わないといけないんだよ……っ」

畳み掛けるように一気に吐き出すと、思わず涙が滲んでしまった。

すると、黙って聞いていたルトが、ふわりと美神の微笑を浮かべる。はう……っ。

俺の顎を人差し指でクイッと持ち上げると、重なるだけのキスをした。

これまでの強引さとは打って変わったイケメン過ぎる仕草に、「え？　これってあのルト？」なんて思ったら、急に心臓がバクバク言い始める。な、なにこれ。なにこれー！

「ユーヤ、顔が赤い。大丈夫か」

「あ、はい……」

頬を優しく撫でられて、俺はただひたすらルトに見惚れてしまった。……やべえ俺、もしかしなくてもルトにときめいちゃってるんじゃね？　これ。

ルトは俺を引き寄せると、こめかみに唇を押し当てながら教えてくれた。

「ユーヤ。俺の魔力は強い」

「そうなんだ」

「ああ。強すぎる魔力は、普通の人間にとっては害となる」

「えっ」

赤い瞳を見つめる。その中に、悲しみは見えなかった。

「俺に近付き過ぎると、魔力酔いを起こして昏倒（こんとう）する」

「嘘（うそ）……」

静かに首を横に振るルト。

「だから、ユーヤが現れた時は驚きすぎて声が出なかった」

あ、甲冑（かっちゅう）の人がひたすら無言だったのって、驚いてたからなの？　なにその可愛（かわい）い理由。

「俺に触れて、喋る人間がいる――俺の天使が、俺の孤独を消す為に降臨したのだから」

「降臨って……」

俺、そんな重要な感じだったの？　そりゃ、やけにグイグイくるなあとは最初から思ってたけどさ、でも俺――。

「愛してる、ユーヤ」

そっと抱き締められて、何も答えることができなかった。

俺が自分の世界に帰る気満々で王都に連れてきてと言ったのを、きっとルトは気付いてないだろうから。

どうすればいいんだよ――。

ただ突き放すには、ルトに情が移り過ぎていた。

16　ルトの正体

門を潜った先に広がっていたのは、まさかの畑と牧場だった。

如何にも中世ヨーロッパな街並みを想像していたので、意外だ。でもよく考えてみたら、中に住んでる人たちの食糧を確保しないといけないんだから、畑がないと困るのか。

城壁の内側で育てないと、魔物が出て危険なのかも。そんなことに気付く俺って結構天才だったりして？　なんて自画自賛している内に、ルンルンはどんどん中へと進んで行った。

畑で働いている農民たちが、こっちを指差してなんか怒鳴っている。……やな感じだ。

見ている間に、農民が数名慌てた様子で城下町の方へと走っていった。なんだろう。ルトが帰ってきたから隠れろとでも伝えに行ったのかなと考えたら、苛立ちを抑えることができなかった。

近付くと昏倒するのは、そりゃ怖いだろうけどさ。分かるけど、すごく不快だ。だって、ルトは魔物退治した功労者なのに。

そうだ、もし何か言ってきたら、コミュ障のルトの代わりに俺が噛みついてやろう、うん！

俺は事なかれ主義かと思ったら、案外好戦的な人間だったらしい。とりあえず、ルトよりは口撃力は高い自信はあった。

「俺に任せろよ」というつもりでルトの肩をポンポン叩くと、ルトは小首を傾げながら俺の瞼にキスを落とした。……うん、キスの催促じゃないんだけどなあ。擽ったい。

ルンルンの一歩は大きく、あっという間に畑が途切れ、人家が立ち並ぶエリアに差し掛かる。正面奥に見える城は一番高台にあるらしくて、通りは緩やかに傾斜していた。

幅広い土の道の横には、質素な造りの家が立ち並ぶ。お城の周りには立派なお屋敷が見えるので、こっちは平民が住んでて城の周りは貴族とかそんな感じなのかもしれない。

そういや、ルトが何者か、未だに聞いてなかった。ルトの身体は嫌ってほど教え込まれたのに──て、考えがエロくなってる俺！　一旦立ち止まろう！　俺は純粋な男子高校生だから！

「顔が赤いぞ」

心配そうな無表情で俺の顔を覗き込むルト。はう……っ格好いい。キュンとしちゃうから止めて。これ以上キュンとしちゃったら、元の世界に絶対戻るって言いづらくなっちゃうから。

「べ、別に！」

どこぞのツンデレのような返しをした後、気を取り直して単刀直入に尋ねてみることにした。

「この世界の身分制度とか全く知らないんだけど、お城があるってことは王様がいるんだろ？」

「ああ」

「じゃあさ、貴族とかもいる？」

「いる」

よしよし、ここまでは順調だ。

「じゃあルトはさ、どんな立場なの？」

俺の中ではソロの冒険者をやってるくらいだから平民かなーなんて予想だ。でも何となく育ちが良さそうなんだよな。てことは、一応貴族とか？

なんて思ってたら、とんでもない答えが返ってきた。

「俺は王族だ」

「はい？」

おうぞく？　ああ、王族ってことね。……て。

「えっ!?　マジで!?」

ルトの無表情はマジだった。こくりと頷（うなず）くと、細かい説明を始める。

「現国王の四番目の子どもだ」

「バリバリ王子様じゃん」

「まあ一応な」

改めてルトの顔を見つめた。じゃあなに、俺は一国の王子様に出会って早々剥（む）かれて風呂（ふろ）に入れてもらって処女を奪われたのか。改めて羅列してみると、とんでもないことしてんなルト。

「え、じゃあお家（うち）ってお城なの？　俺入っても大丈夫？　やだよ『平民は入れません』とか言われて引き離されるの」

なんて言ったって、この世界での知り合いはルトただひとりだ。ルトがいなけりゃ右も左も分からないし、淫紋（いんもん）なんて謎なもの付いてるし、困る。

すると、ルトは俺の腰に回していた腕に力を込めて引き寄せた。俺の首筋に唇を当てる。

「ユーヤは絶対に離さない……！　それに、俺の家は城じゃない」

「あ、そうなの？」

ルトの執着具合なら引き剥がしても離れないだろうなとは思ったけど、それでもちょっと安心した。

「魔力を外に漏らさない結界付きの屋敷に住んでいる」

なにそれ。完全隔離じゃないか。

何も言えないでいると、ルトが遠い目をする。

「……幼い頃は外の世界が羨ましかったが」

だめ、やめて。涙出てきそう。御涙頂戴ものは弱いんだよ俺。

「これからはユーヤがいる。世界一の幸せ者だ」

美神スマイルを向けられ、耐え切れなくなった俺は——。

ぎゅ、とルトの分厚い胸に抱きつくと、無言のままぐりぐりと顔を押し付けたのだった。

◇

その後、ぽつりぽつりとルトが語った辿々しい説明によると。

通常、魔物討伐前は魔力が溢れすぎて、街中を通ると大惨事になるらしい。だから家の敷地から直接ルンルンに乗って空を飛ぶそうだ。ちなみに空を飛ぶには訓練が必要なんだって。

魔物討伐で魔力発散すると、感覚的に半径5メートルの距離を空けておけばよくなるらしい。半径5メートルだと、喋るのも怒鳴らないと聞こえないな。そりゃコミュ障にもなるわ。

というか、魔物討伐は魔力発散も兼ねてたのか。健気すぎる。

とりあえず最低限ルトのことが分かった気がしてきたぞ。

そんな中、なんか様子がおかしいぞと思い始めたのは、街の中に入ってからだった。

街の人たちは、最初はルトを見た瞬間急いで家の中に隠れていた。なのに段々と人だかりができ始めて、しまいには「ルトヴァニエ殿下！　きゃーっ！　こっち見た！」みたいな黄色い声まで聞こえ始めたじゃないか。

「え、なにこれ？」

顔を引き攣らせながら尋ねると、ルトも滅茶苦茶怯えた目をしていた。

「分からない……」

追い詰められた子リスみたいで可愛い。

「近付いてこないんじゃなかったのか？」

「その筈なんだが……」

すると、群衆の声が耳に届く。

「ルトヴァニエ殿下は魔力を克服されたんだな！」

「そうに違いない！　だって見ろ、子どもが一緒にいて気絶してないぞ！」

「これは貴族たちも黙ってないんじゃないか？」

「白銀の騎士様の嫁になりたい奴は山のようにいるだろうからなあ！」

え、どういうこと？　群衆がどんどん迫ってきて、思わずヒシ、とルトにしがみつく。

「……耳を貸すな。少し急ごう、ユーヤ」

「う、うん……」

不機嫌寄りの無表情になってしまったルトはそう言った後、ルンルンを走らせ群衆に囲まれる前に街を通り抜けていったのだった。

17　ルトの憩いの屋敷

大通りから脇道に入り、その更に脇道へ入る。

まるで人から忘れ去られたような緑の小道は、これまでの喧騒が嘘のように静寂に包まれていた。

ルンルンは迷わず緑のアーチを突き進んでいく。時折ちらつく木漏れ日が、なんだか妙に懐かしく思えた。

暫く進むと、やがて広い空間に出る。まるで秘密の花園みたいな、花が咲き乱れた庭だ。その奥にポツンと建っているのは、想像していたよりもずっと小さな家だった。

素朴を通り越して、いっそ質素な造りの家。御伽話の中で幸せな一家が住んでいるような雰囲気に見えるのは、壁が明るい煉瓦色をしているからだろうか。

ルンルンから下りると、ルトは玄関前にある木のカウチに俺を横たわらせる。ルトが鞍や荷物を降ろすと、ルンルンはブルブルした後伸びをして、花園に寝転んだ。あは、図体でかいけど可愛いな。ルトみたい。

ルトは鎧と鞍を玄関脇の棚に置くと、俺の元に駆け戻り、再び抱き上げた。俺の移動方法は横抱き一択らしい。

「俺の憩いの屋敷だ。――どうぞ、ユーヤ」

「うん、お邪魔します」

城が仰ぎ見られる距離にあるのに、声も物音も聞こえない。結界の効果かもしれないな、と気付いた。

あんな手のひら返したような会話を聞かされるくらいだったら、何も聞こえない今の状況の方がマシに思える。

中に入ると、広い一間になっていた。ほぼ正方形の部屋の手前右はリビングスペースなのか、ソファーに暖炉、本棚がセンスよく配置されている。左手にはキッチンがあって、ひとり分のテーブルと椅子がポツンと配置されているのが物悲しい。

部屋の奥には日光を取り込む大きな窓があって、箪笥（たんす）と大きなベッドがどーんと置いてあった。

トイレと風呂は、キッチンの隣にある扉から行くらしい。

たったこれだけの、シンプルな部屋。王子様の家にしちゃ、シンプル過ぎる。

「ルト、いい加減下ろせよ」

物珍しさにキョロキョロしながら言うと、ルトの下唇が少しだけ飛び出た。

「離れたくない」

「ここはお前んちだろ？　何不安そうな顔してるんだよ」

ルトの表情が可愛すぎる。俺と離れたくないから横抱きしてたって、どんだけだよ。

よいしょと無理やり下りると、ルトを振り返った。

「色々説明してよ」

「……分かった」

キッチンにある魔法陣が描かれた青白く輝く箱。これは城の調理場と繋がっていて、家にいる間は料理が転送されてくる転移装置だそうだ。

トイレは用足し後、天井から吊り下げられた紐を引っ張ると排泄物が消滅するんだって。存在抹消するんかい。

どちらの装置も、ルトが魔力発散の一環で作ったことを教えてくれた。

「欲しい物は、ここに書いておけば届く」

ルトが指差したのは別の箱で、「あ、俺着替え欲しい！」と訴えてみると、ルトはサラサラとメモに書いて箱の中に入れた。いくら洗浄魔法を掛けてくれてるからって、さっきも制服着たままエッチしてるからさ、あは、あはは。

「少し待てば来るだろう」

「ん、そっか」

窓の外はどんな光景だろうと思ってベッドに飛び乗る。窓を覗き込むと、木漏れ日が降り注ぐ小川が流れていた。思わず感嘆の声が漏れる。

「うおー！　良い眺め！」

「窓を開けてみよう」

「うん！」

大きな窓をガタガタと横に開けた。気持ちのいい風が髪を優しく撫でる。

「あー癒される」

考えてみたら、昨日は次から次へと想像してなかったことが起きていたから、疲れた。

そのままバタン、とベッドに仰向けになると、視界が翳る。銀髪のカーテンに視界が閉じ込められたかと思うと、柔らかい唇が俺の唇を遠慮がちに奪っていった。

「……どーしたの」

不安そうな目をしているルトの格好いい頬に、手を伸ばす。ルトは俺の手を上から押さえて自分の頬に押し付けると、気持ちよさそうに目を閉じた。

「夢みたいで、手を離したらユーヤが消えてしまう気がして」

だからさ、お腹がキュンとしちゃうことを真顔で言わないで。

だって俺、純粋な男子高校生なのに。

空いている方の手で、自分の下腹部に触れる。

——自分の言動が、信じられない。本当にそんなこと言っていいの？　俺。

「……じゃあ、ルトの淫紋がちゃんとあるか確かめてみたら」

赤い目が、情欲にギラリと光った。

「……確かめさせてくれ、俺の天使よ」

「仕方ないから、ルトが安心するまで存分に触るがいい。なーんてな……わっ」

キシシ、と冗談めかして笑っていたら、残りの言葉はルトの口の中に呑み込まれてしまったのだった。

18　穏やかな時間

昨日の宿屋や道中のルンルンの上の時とは違い、今回のルトの抱き方はやけに優しくてゆっくりだった。

ゆっくりされるのは、それはそれで気持ちいいんだな。経験不足の俺は、毎回が発見だ。

「ゆっくり、じわじわくる……っ」

「……いやか？」

「ううん、これはこれで好きだよ」

純粋な男子高校生の発言にしちゃあ淫乱すぎるかもしれないけど、ルトには言わないとなかなか伝わらない。寂しくて不安で俺が消えちゃうんじゃないかって泣きそうになってるルトには、恥ずかしかろうがちゃんと伝えてやりたかった。

仰向けになって正面からルトを受け入れていると、赤い瞳が何かを求めるように俺を見つめる。

「あ……っ、ん、あ、……はあ……っ、……ルト？」

顔を仰け反らせて、甘い喘ぎ声を漏らした。すると、ルトが鼻先を俺の首筋に突っ込んでぐりぐりする。……こいつまさか、甘えてんのかな。

「うん……っ、ルト、ぎゅってしてやろうか……？」

「……してくれ」

「はは、かわいー奴(やつ)」

望み通りルトの頭を腕の中に収めてぎゅっとすると、幸せそうな温かい吐息が首にかかった。汗ばんだ形のいい額にキスしてやると、俺の中のルトの重量が増す。このエロ王子め。

緩やかなストロークを繰り返しながら、ルトが囁(ささや)く。

「ユーヤ、好きだ」

言っても言っても足りないらしくて、つい苦笑が漏れた。

「うん、知ってるってば」

「ユーヤ、ユーヤ……っ」

身体(からだ)を押し潰されるように緩やかに楔(くさび)を打たれて、溶けてしまいそうな熱さの中、知らず微笑(ほほえ)んだ。

俺の中に溢れてる感情。これは多分、愛(いと)しさってやつだ。

正直言って、自分の世界には戻りたい。親だって心配してるだろうし。今頃きっと、大騒ぎになってるのは想像に難(かた)くない。

だけどさ、まずは他の二人と再会して状況確認しないとだろ？　てことはすぐじゃないじゃん。

だったらさ、せめて元の世界に戻るまでの間は、ルトの孤独を埋めてあげたっていいんじゃないかって思ったんだ。だって可愛(かわい)いし。放っておけないし。

要は問題の先送りをしてる自覚はあったけど、俺がルトを可愛いと思っているのは事実だ。

だから今はまだ。

「ルト、キスしよ」

「……ッ」

顔を上げたルトの唇に吸い付いて、自ら舌を絡めた。くちゅくちゅという音も、ルトの涎で頬や顎がぬるぬるするのも、ルトとひとつになってるみたいで堪らない。

「ユーヤ……離さないでくれ……っ」

泣きそうなルトに、笑顔で小さく頷いた。

それは俺の台詞だし、とは、プライドが邪魔してまだちょっと言えなかった。

◇

一回戦が二回戦、それが三回戦に突入すると、俺の下腹部の淫紋が浮き上がるように輝いていることに気付いた。

ハッと気付く。空が暗いぞ。おい、俺たちまた何時間もエロエロしてたのか。ルトとのエッチはなんでこんなにいいんだ。淫紋か？　淫紋のせいか？

するとここで、ルトの精液とルトのちんこでパンパンになっている腹がぐうう、と鳴った。ちんこじゃ腹は膨れないいんだな。

「腹減ったかも……」

宿屋でもらった食料を食べて以降、何も食べてない。後はほぼ大体エッチしてた。どんだけだ。

「では食事にしようか」

「うん。――て、あ、うんっ、は、激しいっ！」

途中で抜くという選択肢はないらしく、ルトは突然俺を激しく突き立てると、「――ああっ！」と言ってから俺の中にジュオオオッ、と大量に吐精した。だから量。

俺にしがみついて肩で大きく息をしているルトの雄っぱいから、ドクドクドクと高速の心音が響いてくる。……はは、かわいーの。

「では、抜く……ぞ」

「寂しそうに言うな」

ぺちんと頭を軽く叩くと、ルトが眉毛を垂らしながら微笑んだ。ああ、眩しい……！

ずるりとルトの長物が出ていったけど、俺の中からは大量に出された筈の精液が出てこない。まさかとは思うけど、淫紋を作り出すのに吸収されてるとか……？　え、精液吸収する身体って……、考えるのやめよ。

ルトがとりあえずで洗浄魔法を掛けてくれた後、転送箱に届いていた俺サイズの服に着替える。袖と裾がヒラヒラしてるから、俺もちょっと貴族っぽい？

それから二人でキッチンの箱の中を覗き込むと、ホカホカの料理が入ってた。家の中に人気があると、転送箱がオンになってそれが向こうにも分かるらしい。便利だなあ。

椅子が一脚しかないので、俺はルトの膝の上であーんをしてもらった。だってフォークもひとり分なんだもん。

「美味しいか？」

「うん」

日本人には必須の出汁の深みは正直足りなかったけど、素材の味って感じで悪くはなかった。

満腹になったら二人でお風呂に入って、魔法で作られた星空を眺めながらキスをして。

歯磨きしておやすみを言ったら寝るものかと思ってたら、やっぱりルトのルトが暴れ出して、苦笑しながら受け入れて。

どうもルトはこまめに俺に回復魔法を掛けていると気付いたのは、朝起きてちっとも腰も内臓も痛くなかったからだった。

「……なに、ルトってばそんなことしてたの？」

頭を撫でながら寝ぼけ眼のルトに尋ねると、ルトは無言で頷き俺のこめかみにキスをする。ルトの銀髪に指を絡め、二度寝を決め込もうとした、その時。

「――本当だ、ルトの隣に人がいる」

入り口の方から、驚いたような男の声が聞こえてきた。

19　謎の人物の正体は

結界が張られたこの家には、ルトと俺（あと外にルンルン）しかいない筈だ。

なのに突然聞こえてきた男の声。怪し過ぎる！

バッと起き上がって両手を広げ、寝転がったままのルトを背中に庇った。外の奴らから、ルトを守ってやるつもりだった。

この間までのすぐ腰を抜かす俺は卒業できたらしく、今回は腰は抜けなかった。もしかしたら、ルトに散々鍛えられたお陰かもしれない。相当酷使したもんな、俺の腰。

影に向かって怒鳴る。

「誰だ！　どうやって入ってきた！」

玄関前は逆光になっていて、大きな人影は見えるものの顔がよく分からない。

すると、影が愉快そうに身体を揺らしたのが分かった。

「あはは、随分と威勢のいい子どもだな」

「子どもじゃない！　俺は成人してる！」

こっちの成人年齢がいくつかは知らないけど。でもルトが問答無用で俺の可憐な穴にでかちんこを挿入してきたことから、割と低めなんじゃないかという予想はしている。

コツ、コツ、と足音を立てて、男が近付いてきた。朝日が届く所までくると、男の姿が浮かび上がってくる。

「成人？　へえ、そうなんだ。小さいからてっきりまだ少年かと思ったんだ。間違えたよ、失礼」

これまた見た目のいい男が、そこに立っていた。おじさんと言うには若いけど、若者と言うほど若くはない、男臭い甘いマスクのイケメンだ。ルトが美神なら、こっちは映画の主演男優って感じだろうか。

ルトよりは少し灰色がかった銀髪を後ろでひとつに結んでいる。貴族が着てそうなベルベットの燕尾服（えんびふく）に、ひらひらフリルのシャツがルトよりは細めな身体によく似合っていた。

胡散臭（うさんくさ）い笑みを浮かべながら、俺の腹を見つめる。

「淫紋……そうか、ショウが言っていた男の子とは君のことか。ならばこの距離も納得だ」

「あっ」

そういえば、素っ裸だったことを忘れていた。

「ユーヤッ！」

ルトはシーツをバッと手に取ると、マントのように俺の身体を包みながら腕に抱く。代わりにルトの逞（たくま）しい身体が剥（む）き出しになってしまったけど、ルトは気にした様子はなかった。

改めてよく見てみるとルトとの類似点が多い男に向かって、ルトが怒鳴る。

「ユーヤは俺のだ！　見るな！」

これまで一度も見たことのないルトの剣幕に、思わずビクッとしてしまう。

「僕は子どもっぽいのは興味ないってば。でも淫紋は興味が——」

男がゆらりと手を伸ばした直後。

「ユーヤに近付くなあッ!!」

「――くっ！」

ルトから発せられた風が、ゴウッ！　と男に襲いかかる！　髪も服もバサバサと後ろにはためき、男は今にも倒れそうだ。

「ルト!?」

これってルトの魔法なのか!?　とルトを見上げると、ルトは余裕なんて一切感じられない形相で、歯茎を剥き出しにして男を睨みつけていた。

「お、おいルト――」

知り合いっぽいのに、攻撃しちゃ拙いんじゃないの？　と思って声を掛けても、ルトはグルルと獣のように喉の奥で唸るだけで俺を見てはくれない。……多分、必死で俺を守ろうとしてるんだ。

こんな時なのに、下腹部がキュンとしちゃった。

「おま……っ！　僕に向かって攻撃するか普通!?」

男は咄嗟に顔を庇うと、徐々に後退っていった。

ルトの銀髪が、不自然に宙に浮き上がっていく。

「離れろッ！」

「分かった、分かったからそう警戒するなよ！」

男は顔に困ったような笑みを浮かべたまま、両手を「参った」とばかりに掲げた。それでもルトは風の攻撃を止めない。風の力で、男をどんどん玄関へと追いやっていく。

「近付くなッ！」

「分かったってば！　僕はルトを呼びに来ただけだから、ソイツには手出ししないから！」

男は玄関まで下がっていくと、困った様子で怒鳴り返した。

何ていうんだこういうの——怒気っていうの？　を発しているルトを見るのは初めてで、正直俺はビビっていた。だって、ルトは俺にはずっと激甘で甘えん坊で、だから怒ることがあるなんて思ってなかったから——。

「ル、ルト、」

勝手に震える声でルトに呼びかけると、ルトがハッとして俺を見た。徐々に怒気が薄れていくと、逆立っていた髪の毛もふわりと重力に沿って下に落ちる。

「……ッ、ユーヤ……！」

ミノムシ状態のままぎゅう、と抱き締められると、ルトが小さく震えているのが伝わってきた。もぞもぞとシーツから両手を出し、ルトの頭を引き寄せる。

「よしよし、俺はいるから大丈夫だってば」

「……」

俺の首筋に顔を埋めてしまったので表情はよく分からないけど、もしかして泣いてるのかもしれなかった。……そんなに怖かったのかよ。

俺たちの様子を遠くから見ていた男が、呆れた声色で言った。

「——落ち着いたところで、そろそろ僕の話を聞いてもらっていいかな？」

「……なんだ」

ようやく、ルトが顔を上げて男に応える。俺のことはガッチリ抱き締めたままだし、多分向こうから見たらルトのでかちんこが丸見えだろうけど。

男が苦笑する。

「魔物討伐の報告、まだ上がってないんだけど」

「……」

ルトの目が細まる。

「報告？」

思わず口にすると、男が腕組みをしながらうんうんと頷いた。

「そ。今回の討伐は国からの正式な討伐依頼だったから、終わったら報告義務がある訳。で、昨日ルトがひと月ぶりに帰還したって聞いたから来るかな来るかなーってお城で待ってたのに、朝になっても来ないから迎えにきたんだよ」

ルトを見上げる。ふいっと逸らされた。あ、こいつ分かってて報告に行かなかったな。

「ルト？」

俺が低めの声を出すと、ルトがボソボソと呟く。

「それは……その、ユーヤといたくて」

「だからって報告はしてやれよ」

「ぐっ」

痛い所を突かれたんだろう。ルトは上目遣いでチロチロと俺の方を見てきた。可愛い顔したってダメです！

ぽん、とルトの頭を撫でる。

「サクッと行ってきなよ」

「だが、ユーヤをひとりには……」

すると、男が言った。

「大丈夫だって！　結界に入って来られるのはルトと僕しかいないだろ。ちょっとの間留守番してもらうだけだから、な！」

「それはそうだが……」

「え、どういうこと？」

俺の質問に、男が代わりに答えてくれた。

「そういや自己紹介がまだだったね。僕はルトの二番目の兄で宰相補佐をやってるエリクだよ」

「えっ」

この人、ルトのお兄さん!?　そんな人に攻撃とか、何やってんだルトのバカ！

「僕も魔力が強い方だから、ルト以外には僕だけがここに来ることができるんだ」

よろしくね、とお兄さんのエリクさんが言った。

20　お城へ行ったルト

ルトは俺にむぎゅーっと抱きつくと、何度目かになる台詞(せりふ)を吐いた。

「報告してくる……絶対にここから出ないでくれ」

雄っぱいの弾力がよろしい。

「もう分かったってば」

苦笑しながら、広くて逞しい背中を撫でる。

それでもまだ渋るルトは、エリクさんに引き摺(ず)られるようにしてようやく家を後にした。

「……いっちゃったなあ」

ルトがしつこいくらい振り返るので、ルトの姿が緑の小道に消えてからようやく、玄関でずっと振り続けていた手を下ろす。

保育園で親と別れたくなくて泣く子どもを彷彿(ほうふつ)とさせた。図体(ずうたい)は笑っちゃうくらいでかいけど。

「さて、と」

草を喰(は)んでるルンルンにおはようの挨拶(あいさつ)をすると、まずは体液まみれの身体(からだ)を清めるべく風呂へ直行した。

初日は俺の可憐な穴にでかちんこをひたすら突っ込むことに特化していたルトだったけど、昨夜は全身を余す所なく舐(な)められた。文字通り全身だった。

ルト曰く「甘い」からだそうだけど、それって俺がルトの体臭を甘く感じるのと関係あるのかな。

それにしても、まさか脇の下まで舐められるとは思わなかった。あれにはびびった……。

風呂に浸かると、「……あー……っ」というおっさん臭い声が出る。魔法で適温が保たれているという風呂は、気持ちいいのひと言に尽きた。

ルトと一緒に入ると基本抱っこだから、結構窮屈なんだよな。風呂くらい、足を伸ばしてのんびり入りたい。だって、日本人だもの。

自分の身体を、改めてじっくりと見下ろす。

「ルトの奴……やり過ぎだって……」

愛されまくった痕跡がありありと分かる、俺のぴちぴちボディ。「これ男子高校生の身体？」って自分でも疑わしく思える妖艶さだ。

だってさ、乳首なんて吸われ過ぎてぷっくり腫れてるし、脇やら内股やら、キスマークだらけだし。たったふた晩で、俺の身体はルト仕様に変わってしまったらしい。まああんだけでかいのも難なく受け入れちゃってるしな！　ははは、あはは……。

「ルト、独占欲強すぎだって……」

ぽつりと呟くと、思ったよりも声が響いた。

――そういえば、この世界にきて初めてひとりになったんだ。

急に不安が押し寄せてくる。慌てて頬をパンッと叩いて気合いを入れると、さっさと上がって朝食を決め込むことにした。

……なんだけど、広い部屋にひとりなのは何だか落ち着かない。これまたササッと食べ終えると、「そうだ、俺寝不足だったよな！　ルトの奴、ちっとも寝かせてくれねーんだもん！」と大きな独り言を口にしつつ、散々ルトとまぐわったベッドに横になった。

瞼を閉じれば、香ってくるのはルトの甘い香り。匂いに身体が勝手に反応して俺のプリティーな中心がちょっと硬くなったのには、今は目を瞑っておく。

「……いつ頃帰ってくるのかな」

ぽつりと呟くと、返事がないのを認めたくなくて、布団を頭まで被った。

◇

目を覚ますと、窓の外は夕焼け色に染まっていた。

「やべ……寝過ぎたっ」

さすがにルトも帰ってるんじゃないか。

「ルト、いるか？」

バッと布団を剥いで、顔を出す。

「あれ……」

部屋の中には、相変わらず誰もいなかった。

「……時間かかってんのかな？」

てっきりいるもんだとばかり思ってたけど、考えてみたらルトは俺が寝てようがくっついて甘えてくる極度の甘えん坊だ。帰ってきていたら、きっと俺を抱き枕にしている。

「……どうしたんだろ」

ルトのお兄さんで宰相補佐のエリクさんの話では、ルトは魔物討伐に出かけてひと月だって言っていた。あの辺の地域一帯の魔物を片っ端から退治していたのなら、報告しないといけないことも沢山あるのかもしれない。例えば被害状況とか、場所とかさ、うん。

なんだけど。

この家は、王子様の家にしては小さな家だけど、ひとりで過ごすには広い。ルトは一体いつからこの家でひとり暮らししているんだろう。

「……寂しかっただろうな」

ぽつりと呟く自分の声が、寂しそうに聞こえた。

ベッドの上でゴロゴロしていても、外が気になって仕方がない。

いくら何でも一日帰ってこないってことはないだろうから、玄関にあったカウチでお出迎えしようかな?

思い立ったが吉日だ。急いで起き上がると、玄関の外に出た。

「うおお……っ」

屋敷を取り囲む緑の壁の上に燦然（さんぜん）と輝いているのは、ライトアップされたお城だ。夢みたいな光景に、視線が釘付け（くぎづ）けになった。

あの中に、ルトがいるんだ。

そう思った途端、急にルトが遠い人のように思えてしまった。まあ王子様だし。エロいけど。

ふと、気になる。

――お城の人たちは、魔力にあてられて倒れたりしてないのかな？　エリクさんは魔力が強いと言っていたけど、普通にルトに触れていた。魔力が強い人なら、触れることができるってこと？

そういや、淫紋（いんもん）が何なのかも、まだ説明を受けてなかった。

結局ルトのコミュ障のせいで、事情なんて殆（ほとん）ど分からないままでいることに気付かされた。あれ……これさ、ルトが戻ってこないと詰むやつじゃね？

カウチに座ると、ルンルンがのそりとやってきて俺の近くに寝転ぶ。

「はは、ご主人様の代わりに守ってくれてんのか？　ありがとなールンルン」

屈（かが）んで頭をポンポンと撫でてやると、ルンルンは気持ちよさそうに目を閉じた。

輝くお城を見上げながら、ルンルンに尋ねる。

「……ルト、まだかなあ」

「ブルル」

だけど結局その日、ルトは帰ってこなかった。

21　ルトの運命

次の日も、ルトは戻ってこなかった。

代わりに夕方になってやってきたのは、ルトのお兄さんのエリクさんだった。どうしてエリクさんが？

今日もきちんと燕尾服を着こなしたエリクさんが、爽やかに手を上げて挨拶をする。

「やあ、ユーヤくん」

「エリクさん……！　あの、ルトは？」

なんでルトは一緒じゃないんだろう。嫌な予感っていうの？　それを俺はヒシヒシと感じていた。

「それなんだけど……ちょっと込み入った話になるんだ。いいかな？」

いまいち読めない胡散臭く見える微笑を浮かべながら、エリクさんがカウチに座る俺の横に座った。近い。

エリクさんはそっと俺の手を上から握る。

「あ、あの……？」

怪訝そうにエリクさんを見ると、エリクさんは申し訳なさそうに眉を下げた。

「実は君に言いにくいんだけど……。お城に報告に来たルトが、聖女と会った途端、まるで運命のように惹かれ合ってね」

「……はい？」

聖女ってことは、あの女子高校生、だよな？　え、惹かれ合ったって……どういうこと？

あまりの急展開に思考がついていけなくて、呆然とエリクさんを見つめることしかできない。

　エリクさんが、慰めるように俺の手の甲を優しく撫でる。

「実はね、聖女召喚が成功したことで、今までルトにしてもらっていた魔物討伐は今回で終わりにして、いよいよ魔王を倒しに行くことになったんだ」

「魔王……」

あ、やっぱりそういう存在っているのか。脳内が麻痺したみたいになっていて、そんなことだけしか考えられなかった。

「ルトが倒して、聖女が封印を施す。そうしたら、魔物の発生は抑えられるんだ」

「そ、そうなんですね……？」

　エリクさんが、悲しそうに微笑む。

「ルトと聖女は、魔王討伐が終わったら結婚することになった。これまで国を魔物の脅威から守ってくれていた白銀の騎士ルトと国の守護となる聖女セリナの結婚は、満場一致で認められたんだ」

「け、結婚？」

　何言ってんだこの人。だってルトは、ルトは俺を天使だって、一生守るって――。

「ルトはね、最初に君に出会って、ルトの魔力の前でも倒れない君を聖女と勘違いしてしまったそうだ。間違えて君を穢してしまったことを、申し訳なく思っている」

「え……勘違い……？」

エリクさんがすまなそうに頷いた。まるで、我儘を言う子どもを宥めているかのように。

なに、なんだよその顔。ルトの勘違いってなに。嘘だろ、だって、ルトは俺を愛してるって、俺のことが好きだって散々――。

憐れんだ笑顔のまま、エリクさんはズバリと言った。

「だって、君は聖女召喚に巻き込まれただけの何の力もないおまけだろう？」

「おまけ……」

ひでえ。いやまあその通りなんだけど、本人を前にして言うか？　普通。

エリクさんは、慈悲深い微笑みを浮かべながら、俺の頬を撫でた。……ルトにパーツが似ているから……なんか、嫌だった。あいつと似た雰囲気で、俺を蔑むなよ。俺を突き放すなよ。

「……君もいきなり巻き込まれて、辛かっただろう」

「……そ、それはそう……ですけど」

でも、ルトがいたから平気だった。ホームシックで泣かなかったのは、ルトが隣にいてくれたからだ。

エリクさんの言葉がぐるぐる渦を巻いて、頭の整理が追いつかない。

そんな時、エリクさんが意外なことを言った。

「幸い、これまでルトが溜めた魔力でひとりは元の世界に戻してあげることができる」

「えっ!?　元の世界に帰れるんですか!?」

「ああ。巻き込まれた君を優先的に帰してやりたいと思っている」

「ほ、本当……!?」

帰りたい。そりゃそうだよ、俺の世界はここじゃないもん。

何故か瞼の裏が熱くて仕方ないけど、俺は必死で堪えた。喉の奥が痛いのも、きっと気のせいだ。

「……君もルトと会うのは気不味いだろう。だから、ルトと聖女が魔王討伐に出かけたら、すぐに戻してあげるよ」

いや、なんて言える筈がない。だって俺はこの世界の人間じゃないし、それにルトが正しい相手を見つけたのなら、俺がこの世界に残っても——意味なんてないし。

「……よろしく、お願いします……」

弱々しい声しか出なかったけど、エリクさんの耳にはちゃんと届いたらしい。俺を軽く抱き寄せて背中をトントンと叩くと、「迷惑を掛けてすまなかったね」と謝られた。

「……はい」

エリクさんは暗い表情の俺の頭を慰めるように撫でた後、残酷にも告げる。

「実はこれから内輪で簡単な婚約パーティーをするんだ。今夜はちょっとこれ以上抜け出せないから、明日改めて迎えにくるよ」

え、もう婚約パーティーするの？　気が早くない？　て思ったけど、間違えちゃった俺に突っ込むのもその日の内だったもんな。そっか、そっかあ……。

「君には酷なことをしたけど、最後にルトの家でルトの思い出に浸る時間を与えてあげるから」

「は、はは……」

本当、酷なことを言うじゃねーか。

すっかり絆(ほだ)されて、ルトは俺が守ってやるなんて意気込んでたらこれだ。

——俺、馬鹿みたいだ。巻き込まれた奴(やつ)に巻き込まれただけのおまけだったのに、ルトに絆されて自分が主役になったみたいな気になってたんだから。

エリクさんが残酷にも続ける。

「ああ、それと、万が一ルトが君に会いに来て何か言っても、罪悪感からのことだから勘違いしないようにね。あの子は優しい子だから」

釘(くぎ)を刺すなよ。ルトが優しい奴だなんて、俺はよく知ってるし……。

エリクさんは、スッキリした様子で立ち上がった。俺はちっともスッキリしてないけどな。

「じゃあ、明日の朝、また」

「はい……」

肩の荷が降りたからか、軽い足取りで暗い緑の小道に消えるエリクさんの後ろ姿を、ぼんやりと見つめた。

他の奴と恋に落ちたルトの家で、抱かれた余韻に浸れって？

「は……っ。俺のこと、どんだけ馬鹿にしてんだよ……」

髪の毛を掻(か)き上げて独りごちる。我慢していた涙が、次々と溢(あふ)れては頬を流れていった。

「はは、あはは……。コミュ障だから、恋する相手を勘違いしたんだろーな……馬鹿なルト」

暫（しばら）くすると、お城の上空に花火が打ち上がり始める。

ルトと聖女の婚約パーティーを祝う花火なんだろうな。

きっとルトは、パーティーの後貪るようにあの子を抱くんだろう。俺にそうしたように、甘い言葉を繰り返しながら。

「う……っ、うああ……っ！」

虚（むな）しくて胸が苦しくて。

もう抑えていられなくて、俺は声を出して泣いた。

のそのそと制服に着替える。

エリクさんはああ言ったけど、ルトの甘い香りが充満する家の中に居続けることは、拷問でしかなかった。

下腹部に薄ら残る、アラベスク模様に手を触れる。昨日の朝は燦然と輝いていた淫紋は、今は殆ど輝きを失いつつあった。もう後少ししたら、完全に消えるんだろう。

離れてしまったルトの心そのものに思えて、また少し涙が出た。

「結局、これ何だったんだろうな……」

折角だからエリクさんに聞いておけばよかったと思ったけど、内容が内容だけに心に更に深いダメージを受ける可能性は高い。

謎は謎のまま、この世界での出来事は夢だったと思った方が幸せなのかもしれなかった。

ルトが持ってきてくれていた鞄を両手に持ち、外に出てカウチに座る。鞄に付けられたピンバッジは歪んでいて、俺の今の心みたいだなあ、なんてちょっと乙女なことを思った。

ぼーっとお城を見上げる。花火はいつの間にか止んでいて、ライトアップも大人しめな色合いに変わった。……今頃ヤッてんのかな。いや、昨日帰って来なかった時点で、きっともうそういう関係になったんだろう。だからこそ、こんなに早く婚約なんて話になったんだろうから。

「……何だったんだよ、俺は」

今まで事なかれ主義で生きてきた俺は、あんなに強く誰かを守ってやりたいなんてこれまで思ったことはなかった。

そんな俺が、ルトの強引さに巻き込まれて、ルトの真っ直ぐな想いに心を動かされた。それこそ運命に巻き込まれたような気がして、気が付けばルトに夢中になっていた。

「あんなの、好きになるに決まってんだろ……」

俺を唯一として扱ってくれたルトの心が嬉しかった。それがまさか勘違いだったなんて、誰が思うかよ。

「くそう……俺の処女を返せよ……っ」

無駄に経験値が高くなってしまった。自分の世界に戻って女の子を抱けない身体になってたら、どーすりゃいいんだよ。

出会ってまだ三日。だけど、たった三日間のことと切り捨てるには、俺の心は全部ルトに奪われてしまっていた。

「俺の心……返せよ……っ」

カウチの上で、膝を抱えて愚痴を言いながらボロボロと泣いた。

「ブルルルッ」

ルンルンが、心配そうに俺の膝を鼻先で小突く。デカいからパワフルなんだよ。センチメンタルな気分なんだから、パワーで俺をひっくり返さないで。

「ルンルン、お前ともお別れだなあ。短い間だったけど、楽しかったよ」

ルンルンの鼻面（はなづら）に抱きつきながらさめざめと泣くと、何故かルンルンは首を横に振った。だからパワフルなんだってば。

「お前はいい子だなー。いいか、くれぐれもご主人様と喧嘩（けんか）すんじゃないぞ？　ルトはコミュ障のせいでちょっと色々理解が及ばなかっただけで、悪い奴じゃないからなー」

「ブルルルッ」

この場に残されたのが、俺だけじゃなくてよかった。きっとルンルンも魔王討伐の旅に連れ出されるだろうから、そうしたらもう永遠の別れだと思うけど、お前がいてくれて本当によかった。ありがとな、ルンルン。

ぎゅう、とルンルンにしがみついていたら、少しずつだけど心が凪（な）いでくるのが分かった。アニマルセラピーってやつかな。まあルンルンは魔獣だけど。

俺はさ、悟ったんだ。所詮俺はおまけのおまけ。この世界で何かに期待すること自体が間違ってたんだって。

ルンルンの温かさを味わっていると、突然ルンルンがピン！　と顔を上げた。

「おわっ！」

一瞬身体が持ち上がって、大いにビビる。

「ど、どーしたのルンルン」

ルンルンはピンと耳を立てたまま、上の方を向いている。え、なになになに？　怖いんだけど。

「ブルルルッ！」

ルンルンがキッと俺を振り返る。迫力満点なんだけど。

「ど、どーしたんだって！」

「ブルルルッ！」

首を振って何か怒ってるみたいだけど、いやまじで分かんねえ！　馬語分かんないよ！

「ヒヒーンッ！」

ルンルンは苛(いら)ついた様子でドン！　と蹄(ひづめ)を鳴らすと、いきなり俺を翼で包んで器用にルンルンの上に乗せてしまった。

「えっ!?　いや、明日エリクさんがお迎えに来るまでここにいないとだよ!?」

「ヒン！」

首を振り、チラチラと俺を見るルンルン。ごめん、本当に馬語分からないよ！

「元気だせ？」

「ブルルルッ」

違ったらしい。えーとえーと、じゃあ。

「えと……首にしがみつけ？」

「ヒン！」

こっくりと頷(うなず)かれた。やっぱりルンルン、人語完璧に理解してんな。この間背中でエッチしてごめんね。文句はご主人様に言って。

RUBY INFORMATION 4

April 2024

イラスト／明神 翼

公式HP https://ruby.kadokawa.co.jp/ X(Twitter) https://twitter.com/rubybunk

〒102-8177 東京都千代田区富士見2-13-3 発行:株式会社KADOKAWA

誰かに言われたからじゃない。
僕が、ハルヤと一緒にいたいだけだ。
異国のイケメン王子×ユニコーンに
純潔を守られる平凡な青年

ユニコーンに導かれた先にいたのは王子様でした

真崎ひかる　イラスト／明神 翼

ペンダントに宿るユニコーンの精霊に脱童貞を阻止され、その後の人生もままならない春夜は、曾祖母の祖国を訪ねようと思い立つ。さっそく異国の地でも不運を発揮するが、春夜を助けた王子にはユニコーンが憑いていて!?

好評既刊『仮初の皇子と運命の騎士』イラスト/カトーナオ
『魔法遣いは魔王の蜜愛に篭絡される』イラスト/明神 翼
『狼殿下に銀色子狐の蜜惑』イラスト/明神 翼

1日発売の新刊

私のシェインだから、
その証拠だ。
貫井ひつじ先生の大人気作品
「狼殿下と黒猫」シリーズ第3弾!

Ruby collection

ルビー文庫発!
本格ファンタジーBL小説単行本

聖女召喚に巻き込まれた奴に更に巻き込まれたら、コミュ障の白銀の騎士様が離してくれない

緑虫（みどりむし） イラスト/峰星（みねほし）ふる

コミュ障の孤独な美騎士×巻き込まれ転移者。異世界召喚からの溺愛BL!

異世界召喚に巻き込まれた裕也だが、落ちた先は血まみれ甲冑男の腕の中!?　気づくとベッドの上で、甲冑を脱いだ男は銀髪の美神の如きイケメンだった。しかし男はいきなり裸になると何故か無言で裕也を剝いてきて!

単行本/B6判/
定価1,430円(本体1,300円+税)
※2024年4月現在の定価です。

攻:ルト

途轍もない魔力量ゆえに隔離され、孤独に暮らしてきたコミュ障の騎士。超絶美形。

受:伊勢原裕也

聖女召喚に巻き込まれた転移者。落ちた先にいたルトに保護され、突然溺愛される。

最新刊の刊行情報や特典情報など、お知らせいたします♪
今すぐCheck!
https://ruby.kadokawa.co.jp/product/collection/

「ヒヒン！」

急かされてる感じがする。突然どうしちゃったんだろ。

何で？　何が起きてんの？　と思いつつも、今となってはこの魔獣が俺の唯一の味方だし——。

「よく分かんないけど……ええいっ！　知るか！」

ガバッと抱きついた途端、ルンルンは助走と共に翼を羽ばたかせ始める。いやほんとちょっと何がどーなってんの!?

「ルンルンーッ!?　どこ行くつもり!?」

俺の鞄、カウチの上に置きっ放しだし。

ルンルンは俺の質問には答えないまま、ドン！　と地面を蹴ると、ふわりと宙を駆け始めた。浮遊感が、俺を襲う。

旋回しながら、どんどん上空へと昇っていくルンルンと俺。

「空……っ！　俺、空飛んでる！」

視界に広がるお城と、暗い城下町。こんな訳の分かんない状況なのに、ちょっぴり興奮している自分がいたことに驚いた。

——もしかして、ルンルンってば凹んだ俺を慰める為に……？

「ルンルン、ありがとなあ……っ」

ルンルンの温かい首にしがみつきながら、小さな声でお礼を言った。俺の味方でいてくれてありがとな。

ど。

ビュオオオ！　と吹く夜風が肌寒くて、制服を着ていても寒いんだけど！　とちょっと思ったけど。

「ハッハッ！」と息をしているルンルンが、ビクン！　と大きく震えると城の方向へと駆けていく。

「ルンルン？　ほら、あんまりあっちの方は――」

万が一ヤッてる最中のルトたちに見られたら、ほら、未練がましく会いにきたと勘違いされても嫌だし。俺はもう勘違いされるのは懲り懲りだし。

すると突然、目の前に鋭い雷光がピカンッ！　と縦に落ちた。

「ヒヒイインッ！」

ルンルンが前脚を掲げて急ブレーキをかける。

「のわっ!?　なあにこれえっ！」

方向をずらして前へ進もうとするルンルンの前に、次々に雷が降ってきた。

23　淫紋の意味

ぎゃああっ！　なにこれ！　当たったら死ぬやつ⁉　ルンルン、絶対俺を守ってえ！

ルンルンはぐるぐると宙を駆けるけど、気が付いたら俺たちの周囲をぐるりと雷の槍が囲っている。逃げ場がない！　なにこの雷！　怖いんだけどー！

「ル……ルンルン……！」

思わず涙目でルンルンに抱きついていると、頭上から突然男の声が降ってきた。

「──待て、我が眷属よ」

「へ？」

なんで人の声？　と思って見上げると。

俺たちを上から見下ろしていたのは、全身黒ずくめの革の服をぴちぴちに着こなした、山羊みたいな角を生やした黒髪褐色のこれまたとんでもなく美形なお兄さんだった。

この世界、イケメン率高すぎない？

そいつを見た時の、俺の最初の感想だった。

「その者を私に渡すがいい。さすればお前は無事に逃してやろう」

角のお兄さんが、ルンルンに向かって喋っている。

ルンルンは気が立っているのか、前脚を闘牛みたいに空を蹴り上げている。ルンルンって意外と好戦的だよね。

「ご主人様のものだからやれない？　だが、その者にはお前の言う主人の匂いなどもう殆ど付いていないではないか」

「ブルルルッ！」

「匂いが消えた器は、次に手に入れた者のものと相場が決まっている。先日気配を感じたと思ったら一瞬で気配が消え、ずっと探していたんだ」

「ヒヒイイン！」

「ユーヤはやらない？　その者はユーヤと言うのか」

「ブルルルン！」

「お前たちの事情など知らぬ。匂いが薄れてようやく跡を辿れたのだ。もうこれは私のものだ」

あれ、この人ルンルン語分かるの？　会話通じてない？　すげー。

ぽかんとして二人のやりとりを眺めていると、お兄さんが手のひらを前に出して雷の刃を浮き上がらせた。笑ってんのがサイコっぽくて怖い。

「さあ、ユーヤを渡すのだ」

「ブルルルッ！」

「何をする？　そんなもの決まっているだろう。無垢な器を私色に染め、人間どもが悪用できぬようにする」

私色に染めるって、どーゆーことでしょう。

男が俺を見ると、穏やかな笑みを浮かべる。

「可哀想(かわいそう)にな。散々抱かれて注がれただろうに、用無しとばかりに淫紋が消えかけるほど放置されるとは」

「はあ!?　てゆーかそもそも淫紋てなんなんだよ！　どいつもこいつも淫紋淫紋ってさ！」

キッとお兄さんを睨(にら)みつけると、お兄さんは憐(あわ)れみの表情を浮かべた。

「説明すら受けていなかったのか。憐れな」

はい、ルトのコミュ障のせいです。

心底憐れんだのか、お兄さんは親切に説明を始めてくれた。

「魔力に愛されし者は、異世界の器に魔力を注ぐことにより、魔力の均衡を保つ」

「魔力の均衡？」

「器は膨大な魔力量も保有できる。そうして魔力に愛されし者の精神を守るのだ」

「はあ……？」

よく分からなくて、首を傾(かし)げる。

「器に淫紋が描かれている間、魔力に愛されし者は他の人間と同じように過ごすことができるのだ」

「!!」

お兄さんは褐色の顔を色気ムンムンで綻ばせると、指先をクイッと動かした。

「わっ！」

「ヒヒン！」

一瞬で、ルンルンと俺の手足が光の輪で拘束される！

「器を得られなかった者、または途中で器を奪われた者は、精神の均衡を保てず闇に落ちる。――私はこれまで器を見つけられなかった」

ん？　どういうこと？　魔力に愛されし者って、まんまルトのことだよな。え、器を得られないと闇落ちするとか器を見つけられなかったって――まさかこの人、その闇落ちした元人間さんってこと……？

お兄さんの整った顔が、近付く。近くで見ると、牙が生えているのが分かった。この人、やっぱり人間じゃない。

「裏切られてさぞ悔しかろう？　私なら聖女なんていう訳の分からん存在よりも、無垢なお前の方が万倍もいいのに。人間とはつくづく欲深いものよ」

「あ、あんたに何が分かるんだよ！」

噛み付くように怒鳴る。なんでこの人、さも事情知ってます風なの!?

お兄さんが指をスイッと動かしただけで、俺の身体が浮き上がってしまった。手首からぶら下がった状態になると、お兄さんの真ん前まで勝手に移動していく。

「ひえ……っ」

「淫紋を見せてみろ」

お兄さんは俺の制服の前を一瞬でくつろげると、爪が尖った手で撫で回し始めた。だからさ、この世界の人ってなんで剥きレベルカンストしてんの？　ひいっ、スースーする！

お兄さんは、じっと至近距離から俺の下腹部を眺めている。……淫紋は、もう殆ど分からないくらい薄くなっていた。

「……華奢な腰だ」

鼠径部に、唇が触れた。ひぃぃっ！

指がパンツの隙間に入り込み、ズルズルと脱がされていく。

「お、おい！　何するんだよ！」

どうしてこの世界の人って外で人を剥こうとするんだ！　俺はストリップの趣味はねえ！

ぷるんと剥き出しにされて風に吹きさらされた、俺のプリティーなちんこ。また外で裸にされたよ……。思わず遠い目になった。

お兄さんが、とんでもないことをのたまう。

「これからお前に私の淫紋を刻む」

「はい？　なんで？」

お兄さんの手が、俺のちんこを軽く握った。ひやっ！

お兄さんが、悪そうなエロい笑顔で俺を見上げた。

「異世界の器は何色にも染まるから、壊れずずっと隣で愛でていられるのだ」

ごめん、何言ってるか全然分かんない。そもそもこの人誰？　それにさっきからすごく重要なことを言ってる気がするんだけど、オープンにされたちんこが気になり過ぎて考えがまとまらない！

お兄さんが、俺の下腹部に頬を押し当てた。いつかのルトみたいに、懇願するように。……なんでこの人、会ったばかりの俺にこんな愛おしそうな態度を取るんだろう。

「ユーヤ、私のものになれ。お前を裏切った者どもを、お前が望むままに苦しめ滅ぼしてやる。……だから私の隣にずっといろ」

「え……？　どういうこと……？」

「そのままの意味だ。かつて私を裏切った人間を二人で滅ぼそうじゃないか。私ならお前の苦しみを理解してやれる。私ならお前を裏切らず永遠にお前だけを愛すると誓う」

お兄さんの目は、真剣そのものだった。

「……お兄さん、元は人間だったの？」

お兄さんが、悲しそうに微笑む。

「はるか昔は、な」

「闇落ち……しちゃったのか？　その……器と出会えなくて……？」

お兄さんの手が、俺のちんこを上から撫でた。唇を、愛おしそうに下腹部に押し当てる。

「……器に出会えなかった魔力に愛されし者の宿命だ」

「そんな……」

ここでようやく、ストンと腑に落ちた。ルトが俺を天使だと言って泣いた理由。ルトは魔力が多すぎるせいで、いつ闇落ちするか分からない状態だったんだろう。

そこに俺が突然降ってきて、嬉しくて抱いた。多分、俺を聖女と勘違いして。

ルトも必死だったんだな。そりゃそうだよ、誰が闇落ちしたいもんか。あれだけ優しい人なんだ

から、なおさら。

「そっか、そっか、そっかあ……」

止まっていた涙が再び流れ出す。

すると、これまでずっと温かみを感じていた下腹部から、スッと熱が冷めていくのが分かった。

——嘘だろ……。

泣きながら剥かれた腹を見る。

淫紋は、綺麗に消え去っていた。

ルトとの最後の繋がりが、切れてしまった。

「ユーヤ、私がお前を愛す。だから他の者を想って泣くな」

「う……っ、うう……っ！」

お兄さんは俺のちんこを握って上に向けると、口を大きく開けて先割れした舌を覗かせた。

24　確かめたい

そういや、サラリーマンのお兄さんだって俺と条件は同じ筈（はず）なのに、なんでこの人に狙われてないんだろう？

今にも口の中に吸い込まれていきそうな自分のちんこを眺めながら、どこか他人事（ひとごと）でそんなことを考えた。

「ユーヤ、愛しい私の器よ」

ああ、俺この人のものになっちゃうのかな——。手足縛られて身動き取れない間に、いただかれちゃうんだろうな。

瞼（まぶた）を閉じれば、脳裏にルトのはにかんだ笑顔が浮かび上がった。

——もう、いっか。

胸が締め付けられる想いの中、力を抜く。抵抗しようがしまいが、ルトはもう聖女に夢中だから。

……ルトの心に、もう俺の居場所はないんだから。

「ユーヤ……」

「んっ」

ぴた、と生暖かい舌が俺の亀頭に触れた、その直後。

ドウウウンッ！！！！

閃光（せんこう）と共に凄（すさ）まじい爆発音が鳴り響き、暗闇に浮く俺たちの姿を明るく浮かび上がらせた。

「――はっ!?　なに!?」

「なんだ！」

音のした方面を振り返ると、城の塔がもうもうと煙を上げている。はあっ？　お城が半壊してるんだけど……何が起きたんだ？

今にも齧（かじ）られそうになっていた俺の可愛（かわい）らしいちんこから、お兄さんも驚いた様子で顔を上げた。ちんこはしっかりと握り締めたままだ。ルトも人のちんこを何の抵抗もなく握ってたけど、こっちの世界の人ってなんで人のちんこ触ってケロリとしてるんだろう。俺なんて、あんなにルトに抱かれてもまだルトのちんこは触ったことないのに。

だってさ、バキバキだしなんかムワアッてしてて雄臭すごいし、同じ男としてのプライドってもんがさ……。

「何だあの禍々（まがまが）しい気配は……！」

舌を出したまま、お兄さんが呆然（ぼうぜん）とした表情で呟（つぶや）く。お兄さんのぴちぴちの黒い革のズボンの股間の所がテントを張ってるのは、見なかったことにしよう。

お兄さんは下半身を剥き出しのままの俺の腰を引き寄せた。あ、いつの間にか手足の拘束が解けてる。ルンルンを見ると、ルンルンの拘束も解けていた。多分だけど、お兄さんがびっくりし過ぎて魔法を解除しちゃったんだろう。

見ている間にも、城からもうもうと立ち昇る黒煙に雷の光が反射したり、炎が燃え盛ったりしている。地獄絵図なんだけど、え、マジで何が起きてるんだ!?

「まるで厄災ではないか……！」

俺の腰に頬を当てたまま、厳しい表情をしているお兄さん。よく人のちんこ脇でそんなクソ真面目な顔ができるもんだよ。

城の方面から、ドウウウンッ！　ガラガラ！　わーっ！　という破壊音と叫び声が、夜風に乗って届く。

ここまできて、俺はようやく思い至った。あそこにルトがいることに。

相変わらず俺のちんこを狙ったままのお兄さんの顔面を鷲掴み（わしづかみ）にすると、思い切り押し返した。

「拙（まず）いっ！　ルトを助けなきゃ！」

ルトが崩れたお城の下敷きになってたら大変だ！　今頃、怖くて泣いてるかもしれない！

ルトは多分一騎当千の強さを誇るくらい強いんだろうけど、俺の頭の中には、煉瓦色（れんがいろ）の家で膝を抱えて泣く幼いルトの姿が浮かび上がっていた。

きっとルトは泣いてる。何故（なぜ）かそんな気がしたんだ。

焦燥感に駆られながら、お兄さんの腕の中で暴れに暴れる。

「こら！　落ちるぞ！」

ジタバタしていると、お兄さんは俺をぎゅっと抱き締めて首を横に振った。

「あそこには近付かない方がいい！　お前の身に危険が及ぶ！」

「でも！　あそこにルトがいるんだ！　ルンルン！　俺をルトの所に連れて行ってよ！　ルト、ルトーッ！」

「こら、暴れるな！　お前を捨てた男のことなど忘れろ！」

お兄さんは俺の腰を横抱きに抱き直すと、悲しそうな、だけど苛ついた表情で——俺の唇を奪った。一瞬の出来事だった。

「んんんっ！」

先割れした舌がにゅるりと口の中に入ってくる。

「んんー！（やだーっ！）」

唇を奪われた途端、激しい嫌悪感が押し寄せてきた。こいつじゃない感が、半端ない。

嫌だ、やっぱり違う！　ルトのキス以外、全部気持ち悪いんだ！　コミュ障だから言葉は足りないけど、行動で好きだって表現してくれていたあのキス以外、受け付けない。

目尻から、涙が溢れた。

「ふえ……っ、えええ……っ」

情けない泣き声が漏れる。悲しくて苦しくて、それでもルトが恋しくて。心と身体がバラバラになりそうだった。

このままこの角のお兄さんに淫紋を植え付けられるのなんて、真っ平御免だ。

だって、最後にルトに会った時、ルトは俺を抱き締めてくれてたじゃないか。あれが最後の思い出なんて、残酷だ。俺はまだお別れを言われてない。俺を捨てるなら、きちんと「お前はもう必要ない」って言ってよ。

お兄さんは、俺の顔中にキスを落としながら俺の身体をベタベタ触りまくる。

「ほら、放っておいて行こう。私の城でお前の身体を慰めてやる」

「やだよっ！　離せ馬鹿っ！」

お兄さんが、苛ついた表情を浮かべた。

「いい加減分かれ！　お前は見捨てられたんだ！　こうなったら、お前が余計なことを考えられなくなるまで——ッ」

「たとえルトが俺のことをもう好きじゃなくてもっ！」

お兄さんが、驚愕(きょうがく)に目を見開いた。

「俺はっ！　ルトにもう一度会って、確かめたいんだよ！」

「ユーヤ……ッ」

「本当にもう俺は要らないんだなって！　もう俺に甘えなくても大丈夫なんだなって！」

じゃないと、泣き虫ルトがまた泣いてるんじゃないかって、心配になっちゃうから。そんな気持ちのまま元の世界に戻っても、きっとずっとルトのことが心配で落ち着かないから。

俺が叫んだ、次の瞬間。

「……——ヤ……！　ユーヤアアアァァアっ！！！」

「グブエッ！」

高速で何かが迫ってきたかと思うと、突然俺の身体が宙に投げ出された。

25　決意は固く

グブエッという変な呻き声を上げたのは、角のお兄さんだ。俺じゃない。

視界一杯に、星空が映し出された。その片隅には、左腕を切り落とされて肩から黒い煙を吐いているお兄さんの姿もある。え、腕！　腕がちょん切れてる！

自分が落ちている事実よりも、そっちの事実の方がショックだった。

「——うわっ！」

直後、ふわりと横抱きに受け止められる。え？　お兄さんは上でぎゃーって叫んでるし、誰が受け止めたんだ⁉　あ、もしかしてルンルン⁉　ルンルンだけは俺の味方だし！

と、思ったら。

燃え盛る炎を反射する銀色の翼が見えた。次いで、忘れることなんてできないサラサラの絹糸みたいな綺麗な銀髪も。

赤い瞳からは涙が溢れていて、顔中が濡れている。眉間には深い溝が刻まれていて、形のいい顎はガクガクと震えて口の端から血がたらりと垂れていた。……痛そう。

「グスッ、う、うう……っ！」

手を伸ばして、愛しい人の顎の血を親指の腹で拭う。

コミュ障だから、他人と接してこなかったから、ルトは周りが自分をどう見るかなんて頓着しない。

　感じたまま、取り繕うことなんて考えもせずに泣くんだ。

　それが俺の心を抉ることなんて、気付きもせずに。

「……どうしてそんな悲しそうに泣いてるんだよ」

「うああっ、う、ズズッ……」

　ぼたぼたと落ちる水滴が、俺の口に入ってきた。ルトは小刻みに震えていて、見ていて痛々しい。

「聖女と運命の出会いを果たしたんだろ？　だったら嬉しそうに笑えよ」

「……ッ」

　ルトは無言のまま、首をふるふると横に振り続ける。

「……嫌だ」

「何が嫌なんだよ」

　俺は性格が悪いんだろう。だって泣いてるルトを見て、「ちょっとは俺を捨てたのを後悔してんのかな」なんて思ってしまっているから。あれだけ好き勝手に抱かれたんだ。たとえ身体だけでも、未練があるなら俺の可憐な穴の努力も無駄じゃなかった、きっと。多分。

　ルトの記憶の片隅にでも、俺が残れるなら。

「ユーヤは俺の、俺だけの天使だ……っ！」

　歯を食いしばりながら絞り出すように言うルト。それ、まだ言ってくれるのか。くしゃりと苦笑すると、赤い目が何故か輝きを増す。

――ルトは優しいからなあ。俺を傷つけちゃったことを、きっと物凄く後悔してるんだろうな。

……はは、可愛いの。

ルトの頭に手を伸ばし、優しく撫でてやった。さっきまであんなに心の中が荒れて大変だったのに、ルトの腕の中にいるだけで温かくなって、心が凪いでくる。

もういいよって、言ってあげよう。ようやくそんな気になれた。

ルトに微笑みかける。俺、ちゃんと笑えてるよな？

「……淫紋、聖女に付けたんだろ？　だったらもう、俺はお役御免だな」

「……ッ！」

またふるふると首を横に振るルト。

本当はさ、ルトに怒って切れ散らかして、ふざけんな俺の処女返せ馬鹿って怒鳴りつけてやるつもりだったんだ。そうしたらスッキリして元の世界に帰れるかなってさ。

だけどさ。

こんな悲しそうに泣かれたら、魔力に愛されちゃったのはルトのせいじゃないんだし、責めるのもお門違いかなって思えてきたんだよな。

ほら、言えよ俺。解放してさ、許してやるんだよ。そんで笑ってやるんだ。この先、聖女とは沢山会話して、そのコミュ障さっさと治せよって。

「……もういいよ。怒ってないから、泣くな。な？」

「ユーヤ……ッ！」

「聖女と恋に落ちたんだろ？　もう俺のことは心配しなくていいからさ、ルトはこれから幸せになってよ」

あーあ。何だって俺、有無を言わさず掘られた癖に振られた感じになった上に、いい人ぶってんだろって思うよ。

でもさ、それでもルトに嫌われたくないんだ。どんなに間抜けでも、ルトに好意を持たれたままでいたいんだ。……はは、馬鹿だろ、俺。

ルトの髪の毛を指で摘む。涙は必死で堪えた。ほら、笑えってば。

「俺、明日自分の世界に帰してもらえるんだって。だからさ、ルトも俺とのことは虫に刺されたと思って――」

するとその時、俺たちの会話に割り込む声が降ってきた。

「帰る!?　駄目だ駄目だ駄目だ！」

片腕を失った角のお兄さんだ。俺たちの前まで飛んできたと思うと、残った腕を俺に向かって伸ばす。

「ユーヤ！　お前は私と共に生きるんだ！　その男との別れはもう済んだだろう!?　だから私と共に来い！」

お兄さんは必死の形相だった。本気で俺を求めてるんだなっていうのが、彼の態度からよく分かる。あは、俺、モテモテじゃん。男から限定で。恋愛対象女だったけど。今は――正直どっちか分かんないけど。

「グルル……ッ」

何故かルトの喉から、獣っぽい音が漏れる。怖いよルトさん。ずっと低く唸ってるんだけど。なんで？　あ、もしかしてこのお兄さん、ちょっとヤバめな人だったりするのかな？　だって角生えてるし、普通に空飛んでるし。

……考えてみたら、なんでルトの背中から翼が生えてるんだろう。魔力に愛されし者って何でもありなの？　なんか色々凄えな。

お兄さんが何であれ、俺の答えは最初から出ている。お兄さんの目を真っ直ぐに見つめながら、きっぱりと言った。

「……お兄さん、ごめんね」

「ユーヤ！」

お兄さんの目にも涙が浮かぶ。ごめんって。泣かないでよ。

「だって——同じ世界にいたら、いつまで経っても思い出にできないだろ」

俺が涙目で、それでも微笑みながら言った途端。

お兄さんの形相が変わった。

「——ふざけるな……！」

「へっ」

ざわざわ、と黒いモヤがお兄さんから立ち昇る。目は金色に光り輝いて、顔からも身体からも黒い毛が生えてきた。俺が目をまん丸くしている間にも、お兄さんの身体はどんどん魔獣みたいに歪に変化していった。

26 魔王

「な、なに……っ!?」

異形、という単語が頭の中に浮かんだ。

大きな真っ黒い熊の身体に、ネジ曲がったヤギみたいな角。爪は鋭く尖っていて、少しでも触れたら俺の皮膚なんて簡単に破れそうだ。背骨がぼこりと盛り上がった背中からは、コウモリみたいな巨大な翼が生えている。

おどろおどろしい魔獣の姿に変化したお兄さんが、人ならざる咆哮をした。

「グアアアオォォッ!!」

ビリビリ、と肌の表面を衝撃が走る。

「私を魔王と知って愚弄するのかッ!!」

「えっ魔王!?」

素で驚きの声が出た。この人どうも人間じゃないなーと思ってたら、まさかの魔王だったのか!?

「魔王……ッ！」

ルトは唸りながら、赤い目を爛々とさせて魔王のお兄さんを睨みつけた。

「ワハハハハッ！　怖じ気付いたか馬鹿な人間め！」

魔王は高らかに笑う。相手を虫けら以下にしか思っていないような笑い方からは、先程まで俺に見せていた人間臭さはごっそりと奪われていた。

「私が優しく下手に出ていれば調子に乗りおって！　人間など指先ひとつで殺せるのだぞ！　その男の命とて、俺の気分ひとつで吹き飛ばしてやってもいいのだぞ！」

バチバチバチイッ！　と魔王の後ろを稲妻が走る！　雷が魔王の頭上で集まると、巨大な光の玉となって周囲一帯を眩（まばゆ）く照らした。

「な……っ！」

こんなの——当たったら、ルトが死んじゃうじゃないか！

「ははははっ！　顔色が悪いぞユーヤ！　お前を取り返し次第、その男はこの世から抹消してやろうではないか！」

「な、何だって!?」

魔王の存在自体が怖くて今すぐ逃げ出したかったけど、それだけは聞き捨てならない！

声を震わせながらも、言い返した。

「だ、駄目だよ！　殺しちゃ駄目だ！」

「うるさい！　逆らうな！」

ドウンッ！　と怒りの雷が地面へ落ちる！　耳をつんざくような轟（とどろ）きが、音の暴力となって俺たちに襲いかかった。

「ぎゃあっ！」

「ユーヤ！」

まるで大きな鐘の中に閉じ込められてガンガンと鐘を突かれているようだった。思わず耳を押さえる。

「交渉はしない！　お前は私のものとなるのだッ！」

ビリビリッ！　と皮膚を刺激していく、呪いみたいにまとわりつく声。

ルトは俺を庇(かば)うようにぎゅっと抱き締めてくれていたけど、両手が塞がってるし武器も持ってない。やばい、やばいやばいとんでもなくやばい状況だよ！　どうしよう！

俺は心底焦(あせ)っていた。だって魔王だよ!?　いくらルトがべらぼうに強いからって、魔王なんて存在に簡単に勝てるとは思えない。

ルトを助けなくちゃ――！　俺の中には、もうその考えしかなかった。

せり上がってくる嗚咽(おえつ)を必死で抑え込みながら、魔王に訴える。

「やめてくれ！　ルトは殺しちゃ駄目だ！」

「ユーヤ、待、」

ルトが何か言おうとしてたけど、俺は魔王に向かって懸命に伝えた。この人は、俺を死なせたくはない筈(はず)だ。だって、俺が器だから。魔王の禍々(まがまが)しい魔力だって、きっと蓄えられるんだろう。その時は、もしかしたら俺も魔物寄りになっちゃうかもだけど――。

でもだったら、俺が欲しい魔王は俺の言うことにはきっと耳を傾けてくれる筈。

「――お願いだ！　あんたの言うことを聞くから、ルトを殺さないで！」

魔獣の魔王が、咆哮と共に叫ぶ。

「何を言う！　お前が言ったのではないか！」

「えっ⁉　な、なにを！」

魔王が、にやりと笑った。邪悪そのものの笑みだった。

「同じ世界にいたら、いつまで経っても思い出にできないと！　だから私はお前の為に、その男の存在ごと世界から消し去ってやるのだ！　どうだ、心優しいだろう！」

「え……っ、やだ、やだ！　やめてくれっ！」

もう、耐え切れなかった。目頭が熱くなってきて、泣きたくもないのに涙がぼたぼたと溢れてくる。必死で堪えていた嗚咽も、もう止められなかった。

「ひっく……っや、やめて！　う、うあああっ！」

「わははは！　さあユーヤ、私の元に来るのだ！」

魔王がまた高らかに笑った、直後。

「……は？」

魔王の顔が、驚愕に見開かれた。どうも、ルトの背後を見て驚いているみたいだ。

え、なになに？　とそろーっとルトの背後を覗いてみると。

魔王の頭上に浮かぶ雷の玉なんかより何倍も馬鹿でかい雷の玉が、ルトの背後に浮かんでいた。

うわあ、でっかいなあ。

ルトの表情を窺うと、案の定無表情だ。ただ、多分これ相当怒ってるな。瞼がぴく、ぴくって痙攣してるもん。

「……ユーヤを泣かせるな」

相変わらず低くていい声を出したルトが、ゆっくりと歯茎を剝き出し目をひん剝く。その姿は、はっきり言って魔王よりも余程魔王だった。怖えよ。無表情だから余計に怖いよ。

魔王は、明らかにビビった様子だった。そりゃあんなでっかい魔法を見せられたらな。規模が違うもん。

「お、お前がそれを言うか！　そもそもはお前がユーヤを裏切るからだろうがっ！」

それはそうだよな。俺もそう思う。

でも、ルトはコミュ障だからその辺の細かいニュアンスは伝わらない。明らかにキャッチボール体験不足だ。

ルトはきっぱりと断言した。

「ユーヤはお前の言葉で泣いた。悪いのはお前だ」

「ひ……っ」

魔王が顔を引き攣らせる。分かるよ、コミュニケーション取れない相手を怒らせると怖いよね。だって話通じないもん。俺もそれで問答無用ででかちんこ突っ込まれたし。

ルトは目をひん剝きながら、手をスッと魔王に振った。

「つまり――お前が消えろ」

「ひ……っ！」

次の瞬間。

何もかもを消滅させんばかりの光と轟音が、魔王に襲いかかった。
——こっちの方が魔王じゃん。
という俺の感想と共に。

27　誤解

　一瞬にして魔王が消滅すると、ルトはポカンとしていた俺をルトの家に連れて帰った。抵抗する間もなかった。

「う……っ、グスッ、ズビ……ッ」

　そして今、でかいベッドの上で俺の腰に抱きついて、えぐえぐと泣いている。色々とついていけていない。

「な、なあルト？　その、聖女が心配してるんじゃね？」

　ルトは顔を上げないまま、俺の腹にぐりぐりと顔を押し付けた。嗚咽を聞かされていると、下腹部がキュンとしてくるからやめてくれ。折角……頑張って諦めようと思ってるんだから。

「そ、それにさ？　さっきお城爆発してなかった？　放っておいて大丈夫なの？　戻った方が……」

「……もうあんな所は戻らない……グスッ」

　俺の股間に顔を伏せてうつ伏せになっているルトが、ボソリと言った。――ん？　あんな所？どういうこと？　と心の中で首を傾げる。

「え？　だって、ルトは聖女と恋に落ちたんだろ？　そしたらいつまでもここにいちゃ……」

「――聖女なんて知らない！」

　ガバッと顔を上げたルトは、見事なまでの泣き顔だった。……いい男が台無しだぞ。

こんな状況なのに、ルトに対する愛しさがブワッと溢れてきて胸が苦しい。抱き締めてやれたら、どんなにか幸せだろう。大丈夫だよ、俺がいるよってキスしても許されるなら、いくらだってしてあげるのに。

——でも、ルトにそれをしていい相手は俺じゃない。それを許されているのは、聖女だけだからな。傷付いて泣いてるルトの弱みに付け込んで横取りするような卑怯な真似は、ルトにはしたくなかった。

真っ直ぐなルトに、狡い自分を見られたくなかったから。

「……何言ってんだよ。聖女に会ったんだろ？」

「報告が終わって帰ろうとしたら、紹介されただけだ！」

「うん……？」

どうもさっきから、話が噛み合っていないような気がする。それになんか、エリクさんの話とも違うような……？

なんかおかしいぞ、と思い始めた俺は、ひとつひとつ問いただしていくことにした。もうここまで来たら、とことん聞き出してスッキリしたいし。スッキリした状態で、自分の世界に戻って一からやり直したい。

「待ってよルト。聖女とは何があったんだ？」

「何もない！　挨拶だけだ！」

「はい？」

え？　えええ？　どーゆーこと？　と素直に驚いた。だが待て、俺。基本コミュ障で説明が圧倒的に不足しているルトだ。言葉足らずなだけで何か重要な内容が含まれている可能性は高い。

「何もって、どういうこと？」

「何もは何もだ！」

「はあ……？」

期待し過ぎるな俺。自分に言い聞かせながらも、心が逸（はや）るのを抑えることができない。

「……聖女とエッチは？」

「するか！　俺はユーヤ以外は勃（た）たない！」

噛み付くように言われた。

わお。言い切ったよこいつ。

「だって、結婚するってエリクさんが言ってたよ？」

「俺はユーヤと結婚すると言った！」

「は……？　俺？　どうしてここで俺の名前が出てくるの？」

ちょっと待とうか。エリクさんが語った内容とのあまりの乖離（かいり）に、脳みそがバグってショートしかけている。

「……だって、帰ってこなかったじゃん。あれって聖女に淫紋（いんもん）刻んでたんじゃないのかよ」

「――閉じ込められたんだっ！」

ルトは滅茶苦茶（めちゃくちゃ）整った顔をぐしゃぐしゃにしながら、叫ぶように訴えた。

「聖女と結婚すると認めるまで出さないと！　俺は嫌だった！　だけど結界が張ってあって、出られなくてッ！」

「結界？」

「城の塔だ！　子どもの時、エリク兄様がいた塔だ！」

……まさかあの爆発して半壊した塔……？　と気付き、思わず背中がヒヤリとした。あれってもしや。

ルトは泣きながら、俺を真っ直ぐに見つめる。悲しそうな瞳から、目を逸(そ)らすことができなくなっていた。

ルトが、全身で「信じて」って叫んでいるように見えて。

「ユーヤとの絆(きずな)がどんどん薄れていくのが怖くて、出してくれと叫んでも出してもらえなくて……！」

「ルト……」

――いいかな。だって、ルトがこんなに悲しんでるから。だからちょっとだけなら、いいかな。

恐る恐る、ルトの頭に手を伸ばす。頭頂に触れると、ルトが甘えるように俺の手に頭を押し付けてきた。犬みたいだなあ。

「怖くて、早くしないとユーヤが奪われると思ったらおかしくなりそうで……！」

「……ここにいるだろ」

「――魔王に奪われそうになっていたじゃないか！」

ぎゅううう、とお腹に抱きつかれて、苦しい。苦しいけど……愛しい。

「ユーヤの陰茎を握っていた！」

「あ、」

あれ見られてたの？　うわ、恥ずかしいんだけど。

「嫌だ、ユーヤは俺のだ、怖い、嫌だ……ッ」

カタカタカタ、と小刻みに震えながら泣きじゃくるルト。

えーとさ、つまり……。嘘だろ。本当？　俺……諦めなくても、いいの……？

「ルトは聖女と何もないの？」

「ない！　ある訳がない！」

「じゃあさ、なんでこんなことになったの？」

「エリク兄様が無理やりしたことだ！　俺は従わない！」

あの城破壊したの、もしかしなくてもルトだよね？　ついでみたいにこの先聖女と倒す予定だった魔王も倒しちゃったし。そう考えるとルトってやっぱり規格外だよなあ。

「んー……」

ボリボリと頭を掻いた。にしても、エリクさん、一体何が目的でこんな回りくどいことしたんだ？　ルトのことは決して嫌ってる感じじゃなかったように見えたけどなあ。

「俺はユーヤといる……！　信じてくれ、ユーヤしかいらない、ユーヤ、ユーヤ……！」

ぐりぐりと甘えるルト。大きな図体で恥も外聞もなく感情を曝け出すルトを見ている内に、傷付いて凝り固まっていた心が和らいでくるのが分かった。

「そっかあ……うーん……」

ふと、思いつく。そろそろルトを泣き止ませてやりたいなって思ったんだよな。でも、俺もまだちょっとばかり怒ってるし？　少しくらい意地悪してもさ、よくない？

「――ルト、離れて後ろ向いて」

ルトの肩を押す。

「！　ユーヤッ」

「ほら、早く。見るなよ」

「うう……っ」

しょんぼりして後ろを向きながら項垂れるルト。これで魔王倒したんだから笑えるよな。

ルトにバレないように、ガサゴソと動く。

「ユーヤ、なにをしてる……？　いるのか？　そこにいるんだな……？」

ルトはソワソワしている。すごく不安そうだ。かわいーんだから。

「まだ振り向くなよ？」

「うう……っ」

ぱさりと、最後の仕込みが完成した。我ながら何やってんだと思うけど、だってルトが喜ぶって言ったらこれしかないじゃん？

「――まあさ、コミュ障の割には、ちゃんと説明できたんじゃね？」

何様だよって言いたくなる偉そうな台詞（せりふ）を口にする。

「コ、コミュ障……とは？」

「口下手ってやつだよ。――こっち向いていいよ」

「ユーヤ！　……えっ」

ぐりん、と勢いよく振り返ったルトの、驚いた顔ったら。

笑いを堪（こら）えながら、右手の指を使って俺の可憐（かれん）な穴がよく見えるように広げてみせた。

「ユ……ユーヤ……」

ぐん、と勃ち上がるルトのでかちんこ。

生まれたままの姿になって、M字開脚してルトに股間を見せつけているのは俺だ。恥ずかしいけど。すっげー恥ずかしいけど！

顔が火照（ほて）ってる自覚を持ちながら、ルトに告げた。

「ちゃんとできたご褒美に――注いでもいーよ」

大きく見開かれた赤い目。ごくんと鳴る喉。

グオッと大きな塊に押し倒されたのは、その直後だった。ばうんっとベッドの上で大きく跳ねる。

「こらっ、ルト！　お前でかいんだから落ち着け！」

「ん……っ」

情欲に染まった赤い目が近付いてきたと思うと、すぐさま俺の唇を奪った。

「……」

やっぱりそこは無言なのな。おかしくなって笑うと、笑い声はルトの口の中に呑(の)み込まれていった。

28　仲直り

確かに俺は、わざとルトを煽(あお)った。

だって、こっちだって散々な目に遭ったんだぞ？　だったらさ、ちょっとぐらい仕返ししたっていいじゃんって思ったんだよ。

でも今、ものすごく後悔してる。ルトは間違っても煽っちゃいけなかったんだって。

「ああんっ！　あっ、やっ、もう、無理……ッ！　アアアアッ！」

「ユーヤ、ユーヤ、愛してる、ユーヤ！」

ルトの大きな身体(からだ)が、ちんぐり返りの格好になっている俺を上からドチュドチュと犯してます。はい、所謂(いわゆる)種付けプレスってやつですね。逃げ場？　そんなもん、ねえよ。

「アアッ！　アンアンアンッ、や、死んじゃう……っ、気持ち良すぎて死んじゃうからっ！　もうやめてくれえっ！」

「ユーヤ、可愛(かわい)い、もっと声を聞かせてくれ！」

俺の心からの懇願を、一切聞いちゃいねえよこいつ。さすがはコミュ障だ。

赤黒いテラテラしたぶっといちんこが、丸見えになった俺の穴をひたすら抉(えぐ)っている。ああ、視界がエロい。てゆーかまじで凶器な太さなんだけど、どうして俺受け入れられてんだろう。どうなってんだ、俺の身体は。この先ガバガバになったらどうしよう。

「も、息、できな……っ」

「……」

ぽわん、と温かいものが俺の身体を包む。無言で回復させるな！　これのせいでノンストップになってんだぞ!?

「はあ……っ、ああ、またイく……っ！」

ちなみに、もう中イキも経験者です。金玉の中身が空っぽになった辺りから、連続で中イキしてます。俺、多分もう女の子抱けない。――まあきっと、そもそもルトがそんな機会なんて与えちゃくれないだろうけど。

「共に絶頂へ昇ろう、俺の天使……！」

色気魔王が、むせ返るほどの甘い香りを撒(ま)き散らしながら妖しく微笑(ほほえ)んだ。だからキュンッてしないで、俺のお腹。

絶え間ない快楽の前では、息をすることすら辛(つら)い。なのに、ルトの火照ったエロさ満載の美神の顔を見るとブワッと愛(いと)しさがこみ上げてくるんだ。すると厄介なことに「もっともっと」って思っちゃうから、顔面を震える手で覆い隠した。見なけりゃ何とかなるかもって思ってさ。

だって、俺は体力の限界をとうに迎えている。ルトのでかちんこがずっとバキバキなのが、信じられないよ。精力も魔王級なのか？　それに付き合わされてる俺の穴ももしかして凄(すご)いんじゃないか？

するとルトが片手でやすやすと俺の両手首を掴(つか)んで顔を曝け出させる。いやん。ドキッとしちゃうよね、この体格差。ギラギラした雄臭たっぷりの目で見られたら——あ、淫紋が滅茶苦茶嬉しそうに点滅しちゃった。

どうもこの淫紋は、マックスまで精液を注がれると俺の感情を読み取って勝手に反応するみたいなんだよな。まじで勘弁してほしい。

俺がキュンとするとパアアッ！　て反応するから、ルトが「そうか、もっと欲しいのか」って舌舐めずりしながら淫紋を撫でるんだよ。それでエンドレスになってんの。いつ終わるんだ、この快楽地獄は。

「ユーヤ、目を逸らさないで俺だけを見てくれ！　ユーヤユーヤユーヤ！」

「ルトッ、もう無理、限界だってば……っ！」

現に、俺のプリティーなちんこからはダラダラと精液が流れ出ていて、折れ曲がった腹と胸の溝に水たまりを作っている。色は透明だ。そりゃそうだろう。だって——。

「……いい加減にしろッ！　もう三日目だぞ！」

ルトの銀髪を掴んで頭を引き寄せると、ぽかりと形のいい頭を拳で叩いた。へにょりとした表情に変わるルト。そんな顔したって駄目！

「三日間突っ込みっ放しってどーゆーことだよ！　俺の穴が広がって戻らなくなったらどーすんだよ！」

「そうしたら俺が一生蓋をしている。心配しないでほしい」

「二十四時間お前に突っ込まれたままどう生活するんだ、この馬鹿！」

またぽかりと叩くと、ルトが上目遣いになった。

「俺はユーヤの前では馬鹿なひとりの男に過ぎない」

「出たよその台詞」

呆れて苦笑すると、ルトが俺を抱き上げて対面座位にセットする。ルトはこの体位が一番好きみたいだ。俺のイキ顔も見られるし、すっかりエロく膨れた俺の乳首も吸い放題だし、バンバン突き上げると俺がルトに向かって落ちてくるのがいいんだと。普段コミュ障なのに、そこだけすっごい詳しく説明された。

ぐったりとルトにもたれかかりながら、ルトのスッとした鼻を摘む。

「ヤりすぎなんだよ、全く」

「……」

出たよ無言。

「それにさ、そろそろ言い訳と宣伝をしとかないと、また都合よく使われちゃうんじゃね？」

「それはそうだが……」

不服そうに顔を顰めるルトの尖った唇に、ちゅ、と慰めのキスをした。ズン、と重量を増す俺の中のルト。嘘だろ。

「だってさ――」

ルトにズッコンバッコンされてひゃんひゃん喘ぎながら三日間かけて聞き出した内容は、こうだ。

ルトは聖女と無理やり結婚しろと言われた。だけどルトは俺と結婚したいと主張して、昔エリクさんが魔力のコントロールができていなかった頃に籠もらされていた塔に閉じ込められてしまった。

　エリクさんが必死で何かを言ってたらしいけど、ルトはパニックになっちゃって殆(ほとん)ど聞いてなかったらしい。多分、エリクさんは説得しようとしてたんだと思う。「ルトの幸せが」とかは聞き取れたらしいけど、ルトはどんどん俺の気配が薄れていくのが恐怖で何も考えられなかったんだって。

　怖くて怖くて、そしてとうとうフツリと俺との繋(つな)がりが切れた。俺も感じた、熱が消えていくようなあの感覚だろう。

　直後、悲しみと恐怖で頭の中が真っ黒になってしまったルトは、ありったけの力でルトを閉じ込めていた塔を破壊。俺のいる方向は気配で分かったから、後は一直線で向かった。禍々(まがまが)しい気配が俺の傍(そば)にいるのが分かって、怖くて仕方なかったらしい。

　取り返さないといけないと思って、ルトは必死だった。俺に誤解されているのも悲しくて辛い。そんな中、俺が魔王に泣かされたのを見て、再びブチッと切れてしまったそうだ。

　で、後は俺も知る通り。

　つまりだな？　つまりだよ。ルトはお城を半壊させた言い訳もしてなければ、なんかなし崩し的に魔王を倒しちゃったことも、まだ何も言ってない訳だ。エリクさんだけじゃなく、聖女や王都の人たちだって皆、一体何が起きてるんだって慄(おのの)いていることは想像に難(かた)くない。

　なのに、ルトは俺を伴って引きこもり生活を再開し、もう三日もただひたすらエロエロしている。

　唯一入って来られる筈(はず)のエリクさんがいつまで経(た)ってもこの家に来ないからルトに尋ねてみたら、「エリク兄様が絶対入って来られないような強力な結界を敷いた」と返ってきた。

「もうユーヤの愛らしい裸は他の男には見せないから安心しろ」だって。そうじゃねーよ。このままエロエロして何事もなかったように過ごすのは、現実的じゃないよね？　俺の言ってる意味、分かってよ。これだからコミュ障はさ。

はあ、と大仰に溜息を吐いた。

「あのさ、ルトは聖女と結婚したくないんだろ？　だったら城に戻って何が起きたかをちゃんと説明してさ、無効にしてくれって言わないと。魔王倒したんだから、言うこと聞いてくれるんじゃね？」

「……エリク兄様の顔は見たくない」

ぶすっとしている顔も可愛いけどね。というか、多分これが一番の理由か。全く子どもなんだから。

しかし参った。ここに閉じ籠もってるだけじゃ事態は好転しようがないけど、ルトがてこでも動こうとしないからなあ。

俺は考えた。そして思いついたんだ。ルトを動かす方法を。

「ルト、あのさ――」

小っ恥ずかしい俺の提案を聞いたルトは。

「――城に行く」

と即答した。

29　混乱

ルトのでかちんこは、マジででかかった。

口一杯に頬張っても、半分もいかない。スーパーで売ってるでかい恵方巻きあるだろ？　あれよりひと回りでかいと思ってくれりゃあいい。あまりにもでかいから、歯を当てないようにするので必死だった。

懸命に口を開いて喉の奥まで挿れてフウフウ言いながら必死で扱くと、ルトがうっとりとした眼差しで俺の髪を指で梳いた。時折「……あっ」と仰け反る喉仏が、堪らなくいやらしい。

ルトの血管が浮き出まくったバキバキちんこから立ち上る甘い匂い。もしかして精液も甘かったりして、いやまさかなあなんて思ってたら、本当に甘かった。だけどいつも通り「ジュオオオッ！」ていう勢いで口の中で達したもんだから、受け止めきれなくて鼻から出るわむせて口を離したら顔射されるわで、散々だった。精液で溺れるかと思ったよ、まじで。

ルトの精液まみれになった俺の顔を見下ろしていたルトの笑顔は、魔王級の妖艶さだった。もし俺と出会わなければ、いずれ魔王になってたかもだもんな。魔王候補のちんこをしゃぶる俺。なかなかなステータスかもしれない。

そう。ルトの重い腰を上げさせた俺の秘訣は、ルトのでかちんこを口淫してやるってことだった。三日間ごねにごね続けたルトだったけど、一瞬で城に行くと頷いた。どんだけヤッてもらいたかったんだろう。もっと早く思いついていればよかった。三日間もエンドレスで抱かれる羽目になったのは、ルトが俺の説得を躱す意味もあっただろうから。それにしたって化け物並みの体力だけどな。

ちなみに俺をちゃっぽりと風呂に入れて手と指で隅々までそりゃあ丁寧に洗ってくれたルトは、美神の如き神々しい微笑を浮かべると、「これからもまたして欲しい」とのたまった。これが俺らのエッチのルーティンに入ったらどうしよう。俺の顎、外れちゃうかもしれない。

あまりにも寝不足になっていた俺は、「いいか、絶対挿れるなよ！　ちんこ触るのも禁止だからな！」と釘を刺すと、「離れたくない」というルトにピッタリとくっつかれたまま半日寝かせてもらった。だって三日間、寝ても起きてもアンアン言わされてたんだよ？　もう限界だった。

魔王が倒されてから四日が経ち、ようやく俺とルトは城へと向かうことになった。行く前に「淫紋を最大限に濃くしておく」と言い張るルトにねっとり寝バックで突っ込まれたことには、もう何も言うまい。

そして俺たちは、城の前に仁王立ちしていた。

否。正確には、ルトが魔王の如き険しい雰囲気で立っていて、俺はルトの腕に横抱きされている。寝バックでイきすぎちゃって、ちょっと腰を抜かしちゃったからだ。ルトは魔法で治してくれなかった。こんちくしょう。

それでも俺は、偉そうにルトに指示を出した。

「いいかルト。エリクさんは弁が立つから、ルトだと言い包められるかもしれない。だから、挑発に乗らずに落ち着いていこう」

「いざとなったら燃やす」

ルトが無表情のまま頷く。違う。うんうん、じゃない。

ルトの銀髪を引っ張って俺に向かせる。

「いや、もうちょっと穏便にいこう？　話し合いに来てるんだからさ、実のお兄さんを燃やしちゃ駄目だよ？」

「ユーヤを泣かせたら燃やす」

泣かないようにしようと、俺は心に誓った。

「さあ、行くぞ！」

「……」

そこはさ、「おお！」とか欲しいな。

ルトは顎をグッと引き締めると、城の敷地内へと歩を進める。兵士や使用人っぽい人たちは、ルトを見るとホッとしたように見た後、頭（こうべ）を垂れる。貴族っぽい服を着たおじさんたちとすれ違うと、「ルトヴァニエ殿下！　よくぞお戻りになられました！」と話しかけられた。

「……いつもこんなの？」

不思議に思って尋ねると、ルトも不可解そうに眉をひそめる。

「いや。そもそも近付いてこない」

「だよねえ。ぶっ倒れちゃうもんな」

首を傾（かし）げながらも更に奥へと進んでいった。

すると、広くて豪華絢爛な通路の奥が、急に騒がしくなる。俺たちの姿を見た臣下の人たちが、大慌てでどこかへと走っていくのが見えた。いや、本当なに？

「――なに⁉　ルトが戻ってきた⁉　それは本当か！」

男の人の大きな声が聞こえたと思うと、通路の壁に手を突きながらヨロヨロと歩いてくるおじさんの姿が現れる。頭には冠を着けていて、立派なマントを羽織っている。この人、もしや王様？

おじさんが、膝から崩れ落ちた。

「……父上。どうされたのですか」

相変わらず無の表情で、ルトが尋ねる。あ、やっぱりこの人、ルトのお父さんだった。

渋めのマスクは、若い頃はさぞやもてただろうと思われるものだ。でも、顔色が滅茶苦茶悪い。

「ルト、よくぞ戻ってきてくれた……！」

「……」

うん、無言ね。安定してるよね。

「お前の意見を聞かずに話を進めようとしたことを、心から謝罪する……！　許してほしい……！」

「聖女と結婚はしませんから」

ルトはブレなかった。もしかしたら内心は動揺してるのかもしれないけど、少なくとも表面には出てきていない。

対照的に、王様は必死の形相だった。今にも泣きそうになってるけど、どうしたんだろう。

「あれはっ！　エリクが『ルトには最大の勲功を与えるべき』だと言うから、お前も欲しているのかと思って……！」

「要りません」

「勿論(もちろん)だ！　その者がお前の唯一の器だろう⁉　男でも構わん、二人の結婚を認める！　歓迎する、だから頼む……！」

王様が、床に額をつけた。

「エリクと仲直りをしてくれえっ！　手が付けられないんだああっ！」

え？　どういうことだろう？　とルトを見る。

ルトはムスッとすると、首を横に振って溜息を吐いた。

30　王様

床に頭を付けてマジ泣きをしていた王様だけど、さすがは一国の王様。同じく半泣きの白髪のおじいさんにハンカチを渡されると、すっくと立ち上がって涙を拭いた。立ち直りが早い。

ちなみにこのおじいさんは宰相だった。宰相補佐であるエリクさんの師匠らしい。

ルトはズモモモモ、という雰囲気を纏って立ったまま、相変わらず何も喋らない。王様と宰相は最初は懸命にルトに話しかけて会話をしようとしていたけど、あまりにも反応がないので途中で諦めたらしい。

エリクさんが籠もっているという部屋までの道中で、王様直々に俺に状況を説明し始めた。

「異世界より参りし少年よ。……名前を伺ってもいいだろうか」

やつれた顔が痛々しい。こんなになっちゃうほどエリクさんが手を付けられないって、一体どうしたんだろう。

「伊勢原裕也です。裕也が名前です。少年じゃないですよ。十八なんで」

「なんと！　てっきりまだ十四、五歳くらいかと」

王様はあからさまにホッとした顔をしていた。

ルトが近付いていても人を昏倒させてないってことは、俺とルトがすでに経験済みって意味だから――て、ええ!?　俺、ルトのお父さんに「ヤッちゃいました」アピールしてるってこと!?　うわっ、気不味い！

「……子どもでなくてよかったですね」

「そうだな、宰相よ」

そこ、小声で喋ってるけど聞こえてるから。つまりこの人たちは、ルトが子どもを手籠めにしたんじゃないかって心配してたのか。そりゃまあ、外聞悪いもんなあ。

ちらりと俺を大切そうに横抱きしているルトを見上げる。視線が交わると、ルトがちう、と俺の唇に口づけた。うひゃん。

「ばっ、ルトってば……！　あ、あの、こっちって何歳から成人なんですか？」

ルトの顔面を押し返して、ずっと気になってたことを尋ねる。すると、王様が答える前にルトが答えた。

「十六歳だ。だから俺とユーヤの結婚に障害はない」

そしてギロリと自分の父親を睨む。王様は慌てて幾度も頷いていた。聖女との結婚はなしにするから、分かったから！　ていう焦りが滲み出ている。

「へ、へえ、十六なんだ……」

なんだけどさ。

ここにきて、俺はようやくことの重大さに気付いた。今更？　て感じだけど——俺、ルトと結婚するの？

……え、どうしよう。だって、元の世界に帰るとか、まだちゃんと考えてない。将来何になりたいとか、具体的なことは何も考えてなかったけどさ。でも、俺の未来はあの世界の延長線上に続いているもんだって、ずっと何の疑いもなく信じてたんだ。

訳も分からずルトに身体を開かれて、好きだなって思ったところで引き離されて。魔王に狙われちゃってルトが助けてくれてホッとしたところで、まさかの三日間ノンストップ耐久エロエロ大会が始まってさ。正直深く考える時間なんて、どこにもなかった。

ルトのことは、勿論好きだ。ルトを悲しませたくない。だけど俺はまだ高校生で、元の世界には親もいて、きっと俺のことを心配していて――。

ひやり、と背筋に冷たいものが走った。

駄目だ。これ、ちゃんと話し合って考えて納得しないと拙いやつだ。じゃないと俺、もしこのままなし崩し的にこの世界に残ってルトと結婚しても、いつか後悔してルトに酷いことを言っちゃうかもしれない。

でも、何て伝えたらいいんだろう。分からなくて、ただルトを見上げていると。

恐る恐る様子を窺う雰囲気で、王様が話を進めてきた。

「ユーヤ殿。――言い訳に聞こえるかもしれないが、我々の話を聞いてはもらえないだろうか？」

そうだ、と思い直す。今は先にとにかくエリクさんの状況がどうなってるのかを確認しないとだ。

万が一にもルトが聖女との望まない結婚をすることがないように。

しっかりしろ、俺。ルトを守るって決めたんだから。

顔を上げて、王様の目を真っ直ぐに見る。

「はい、聞かせて下さい」

「ありがたい」

王様は安堵した様子で疲れた顔を綻ばせた。

「――現在、王都を中心に我々は非常に拙い状況に置かれている」

「拙い状況、ですか？」

「ああ。一番被害が甚大なのは、治水の部分だ」

治水ってことは、川の氾濫とかそういったことかな。でも、それがどうやったらエリクさんと関係があるんだろう？

俺が不思議そうな顔をしているのを見て、説明が足りていないと気付いたんだろう。王様は掘り下げた説明を始めた。

「この状況を理解してもらうには、我々王家の話からする必要があるな」

これまでの王様の態度を見る限り、割とまともな人間に見える。王様がルトを虐げてるっていう印象は、一度も受けなかった。遠慮がちというか、距離があるなあというのは感じられたけど。多分、圧倒的会話不足なんだと思う。

まあ物理的に半径5メートルまでしか近寄れないと、健全な親子関係を築くのもなかなか大変だとは思うけどさ。

「エリクもルトも、生まれながらにして膨大な魔力を有していてな――」

これは、王家に時折見られる特徴らしい。

今は自由に歩き回っているエリクさんだけど、子どもの頃はなかなか制御が利(き)かなくて、結界付きの塔で暮らしていたそうだ。ちなみにエリクさんの年は、ルトより七歳年上の現在二十七歳。なお俺は、今聞かされるまでルトが二十歳だって知らなかった。だって、ルト言わないし。たった二歳しか変わらないのか。——俺がのほほんと生きてきた同じくらいの時間、ルトはあの家でひとりで過ごしてきたのか。

　ツキリ、と胸が痛んだ。

「時折現れる魔力に愛されし者の為(ため)に、いつからか城には結界付きの塔が建てられた。大抵の者は、幼少期に制御を覚え、魔力を放出し続けられる相性のいい方法を見つけた上で、普通の人間として過ごせるようになる」

　そして、と王様が続ける。

「エリクは魔力操作に優れていた。幸い、魔力の適性は攻める方ではなく守る方に特化していたこともあってな。荒れ狂うことで有名な河川を鎮め、いつ活動を再開するか分からぬ活火山の活動を抑える技を練り込むことで、体内から魔力を常に一定量放出することに成功した。エリクが七歳の時の話だな」

　治水と火山。ひとりの人間の魔力で抑えるって、相当なことなんじゃないの？

　話のスケールの大きさにあんぐりと口を開けていると。

　王様が、遠い目をした。

「そんな時、攻撃に特化した膨大な魔力を持ったルトが生まれたのだ」

王様は、なんとも形容し難(がた)い表情でルトと俺を見た。

31　兄弟

魔力に愛されし者の魔力は、通常大体三歳くらい——最初の自我の芽生えくらいから徐々に表に現れるらしい。

そんな中、ルトは赤ん坊の頃から魔力量が多かった。ルトのお母さんであるお妃様が抱っこすると、魔力量がそこまで多くなかった彼女はすぐに昏倒してしまったそうだ。妊娠している頃からの不調はルトのせいだったのだと、これで判明した。

王妃様は、すぐさまルトと引き離された。ただでさえ弱っているところにルトの面倒をみたら、今度こそ命も危なかったからだ。

それなりに魔力量が多い王様は、辛うじてルトを抱けた。たった数分だけの間なら。泣いて空腹を訴える我が子を抱ける時間が、わずか数分。王様は焦った。

急いで国中から魔力が強い人が集められて、乳母の試験を受けた。でも、全員駄目だった。満足に食事をとることもできなくて、日に日に弱っていくルト。誰もお世話ができないから着ているものもどんどん汚れて、みんな困り果てていた。

まだ七歳だったエリクさんは、直前まで塔に閉じ籠もっていたから弟の存在を暫く知らなかった。

ようやく塔から出られるようになって喜んでいた時に、お城の雰囲気が暗いことに気付いたらしい。

王様に話を聞いてみると、誰も触れない弟が死にかけているという。自分と同じ魔力に愛されし者がいると知ったエリクさんは、「自分が弟の面倒をみる」って名乗りを上げたんだ。

それから、エリクさんは再び塔に籠もってルトの面倒をみ始めた。

エリクさんはこれまで、ずっと誰にも触れられないでここまで大きくなった。魔力の発散方法を確立した時点で、エリクさんは七歳だ。平民の子ならいざ知らず、エリクさんは王子様だった。周囲の大人に甘えて抱きつくことなど、許されないと思ってしまった。

そんな中、突然自分の腕の中に現れた小さいけど温かくて柔らかい弟の存在は、どこか達観しているような子どもだったエリクさんに笑顔を与えた。

栄養失調になりかけていたルトは、エリクさんの手によりすくすくと成長した。エリクさんは、ルトを溺愛した。この子には自分しかいないから、守ってやらないと。そんな気持ちだったのかもしれない。

王様たちは、必死でルトの魔力発散方法を探した。エリクさんと同じようなこともやってみた。だけど、ルトの力は攻撃に特化したもの。エリクさんのように、何かを抑えるようなことは無理だった。魔力を注ぐと、反発してもっと酷い状態になってしまうから。

ある時、ルトが「自分も外に出たい」と泣いて怒った時があった。エリクさんが外に出られるようになった時と同い年になったのに、どうして自分は外に出られないんだと。どうしてエリクさん以外と会えないんだと。

癇癪(かんしゃく)を起こしたルトは、無意識の内に攻撃魔法を放った。塔は元々の結界に加えてエリクさんが上から重ね付けしていたから大事には至らなかったけど、一部が破損した。

その時、ルトの魔力がいつもよりも少なくなってることにエリクさんは気付いたんだ。

ルトは、攻撃魔法を放つことで魔力を発散できる。

エリクさんは、この方法ならいけるんじゃないかと喜んだ。とにかく攻撃を続けさせるのだ。そして膨大な魔力をぶつけられる相手となれば、国のあちこちに湧いている魔物が適任だ。

だけど、ルトはまだ七歳の子どもだった。たった七歳の子どもに、魔物退治に行けと誰が言えるだろう。

エリクさんは、それでもルトを説得し続けた。何故なら、お城の塔の結界だけでは、そろそろルトの力を抑えることが難しくなってき始めていたからだ。

でも、ルトは怖がって泣くばかり。

そしてとうとう、塔の結界が狂った。結界が役目を果たさなくなった途端、お城の人たちがバタバタ倒れていってしまって、エリクさんですらも近付くのがキツくなった。

このままでは拙いと焦る中、王様とエリクさんはお城の脇にポツンと残されていた空き地のことを思い出した。

そこは、かつて遠い昔に魔力に愛されし者が幼少期を過ごしたという土地だった。異世界からやってくる器をその地で待ち続けたけど、結局器はやってこないままその人はどこかへと消えてしまったという言い伝えが残る、寂しい場所だ。

調べてみると、その土地の地中には強大な結界が埋められていた。お城の塔なんかよりも何十倍も強力な結界だ。

王様とエリクさんは、その土地にルトが何不自由なく過ごせるようにと、温かみのある家を建てることにした。庭には沢山の花を植えて、庭を眺めて心が慰められるようにとカウチを作って。

家の中に閉じ籠もって気鬱にならないようにと、綺麗な小川を外から引いてきて、窓一杯に日光が差し込むようにと大きな窓を作ることにした。

家の完成と共に、ルトは引っ越した。今や溢れんばかりに発せられる魔力のせいで、エリクさんも長時間ルトの隣にいることは不可能になってしまっていた。

わずか七歳の愛情に飢えた子どもは、その日からあの家でひとりで暮らし始めた。

ルトから表情が消えた日だった。

32　エリクの目的

ルトは、身体の成長が早かった。

第二次性徴期を迎える頃には、身長は大人並みの大きさになったそうだ。

そこでエリクさんは、ルトの二つ名である【白銀の騎士】と呼ばれる所以となった白銀の甲冑を国一番の鍛冶屋に作らせることにした。

万が一にもルトが傷つくことがないようにと、完成した甲冑に幾重にも守りの結界を施して、殆ど喋らなくなってしまった弟に授けた。

これを着て、魔物を退治してほしいと。魔物を退治する際に魔力を大量に消費すれば、きっと今よりも人と交わることができるからと。

今度は、ルトは何も言わなかった。嫌がりもせず、泣きもせず、たった十二歳の男の子が、白銀の鎧を着て言われるがままに魔物退治へと向かった。

暫くして、魔物の血にまみれたルトが帰ってきた。

それでも近寄れるのは半径5メートルまで。エリクさんだけは、ようやく幼い頃の時のようにルトに触れることができた。

成人して頭角を現し始めたエリクさんは、王様の勧めもあって宰相の下について学び始めていた。

エリクさんに対する縁談は、山のように届いた。だけどエリクさんは、「ルトが結婚して幸せな家族を作った後、僕も結婚するよ」と言って、全部断ったそうだ。

　そんなある日、エリクさんは『聖女』という存在を知る。過去にルトのような状態になった魔力に愛されし者の記録を漁っている時に、たまたま古い文献の中で見つけた。

　昔々、誰もが触れられない魔力に愛されし者がいた。そんな時、異世界の器が時空の狭間から落ちてきたんだそうだ。闇落ち寸前だった魔力に愛されし者は、異世界の器と恋に落ちた。その異世界の器を奪わんとしていた当時の魔王を、二人の愛の力で退ける。

　魔王を倒し世界に平和をもたらすと、以降魔力に愛されし者は稀代の為政者として名を馳せた。魔力に愛されし者と共に世界を救った異世界の器は、悪しき心に呑み込まれんとしていた者を浄化した存在として、救国の聖女と呼ばれるようになった。

　その二人が、この国の王家の始祖だって言われている。

　異世界の器の話は、それ以外にも時折あった。だけど、もう何十年と世界には魔物が増え続けていて、魔王の活動も活発化してきている。

　そこでエリクさんは考えた。だったら異世界から聖女を召喚すればいいんだと。

　白銀の騎士と呼ばれながらも家族にも国民にも忌避されているルト。これが正しい姿である筈がない。

　ならば、聖女を召喚し聖女と恋仲になればいい。二人で伝承と同様に魔王を倒せば、今度こそルトは全員に受け入れられるに違いないのだから。

　ずっとひとりでいたルトが幸せになるには、聖女召喚だ。聖女と幸せな家庭を築くことが、ルトにとってなによりの幸せな筈なのだから――。

エリクさんは、多分ずっと焦ってたんだと思う。ルトは自分に、人を愛す幸せを教えてくれた。ルトのお陰で、もう孤独じゃなくなった。だというのに、当のルトはいつもひとりきり。魔物退治をしないと、人と話すことすら叶わない。自分はルトに、もらったものを何ひとつ返せていないじゃないかって。

だからだろう。その日から、エリクさんは研究に没頭し始めた。

調べていく内に、異世界の器にも個人差があるらしいことが分かった。ルトの攻撃に特化した魔力を収められる器じゃないと、聖女召喚が成功してもルトはひとりのまま。それはなんとしてでも避けたかったエリクさんは、ルトの魔力を召喚の呪文に混ぜ込んで、ルトの気配と馴染む存在を探した。

そしてとうとう、エリクさんは聖女召喚を成功させたんだ。

関係のなかった筈のお兄さんと俺までもを巻き込んで。

「エリクはルトが喜ぶと確信していた。だが、魔物討伐から帰還したのに一向に城へ報告にあがらない。これはおかしいと確認しにいったところ、ユーヤ殿が一緒にいたという訳だ」

王様が、重苦しい表情で告げた。

「なるほど、そういうことだったんですね」

つまりエリクさんが取った行動は、ルトの意思は一切確認しないまま進められちゃったから拗れたけど、基本全てルトの為を思ってやったことなんだ。

これまで自分の話だっていうのに無言かつ無表情で静かに聞いていたルトが、ボソリと呟く。

「聖女には会ったが、相性がいいとは思わなかった」

「え、そうなの？」

わざわざ探されて召喚されたっていうのに、それってどうなんだろうって思っていたら。

これには王様も頷いた。

「そうなのだ。聖女セリナも『元の世界に帰せ』の一点張りでな。まあ暴れるもので、さすがのエリクも驚いていた」

「あー……。結構気が強そうな子でしたもんねえ」

実は内心、ホッとしていた。だってさ、ルトって格好いいだろ？ 普通女子だったら、「きゃーっ！」って黄色い声を上げて喜んで抱かれにいくと思うんだよな。ひと晩でもいいっていう人、きっと物凄く多いんじゃないかってレベルだもん。

聖女セリナは、わざわざ相性ばっちりってことで選ばれたんだ。なのにルトに惚れた素振りがなかったってことは、もうルトを手放したくない俺にとっては朗報だった。

「俺はユーヤを見た瞬間、恋に落ちた。ユーヤこそが俺の天使、運命だ」

そう言った後、冷たい目で王様を睨むルト。王様はまた「分かってる！ 分かってるから！」みたいな顔で何度も頷いていた。

「は、話を戻そう。――二人が会った瞬間恋に落ちると思っていたエリクは、何度も二人に意思確認をしたんだ。だけど二人ともお互いに全く興味を持ってなくてなあ。そこで魔王を一緒に倒す旅に出かければ、絆が深まる筈と言い出したんだよ」

だけど、聖女もルトも、「絆なんて不要」とばかりに断った。大いに困ったエリクさんは、聖女の説得をする傍ら、ルトを塔に閉じ込めて「聖女と旅をするなら出してやる」と言い出したらしい。

「なのだが、ルトが塔を爆発させて出ていってしまっただろう？　何か凶悪な存在と戦っていたという目撃証言があったが、何も分からぬまま強力な結界を家に張られては、誰も状況が分からなくてな」

ほらな、やっぱり。というジト目でルトを見ると、チュッと口にキスされた。違う、キスのおねだりしたんじゃない。このコミュ障め。

「その後、エリクが『二人の思い出が詰まった場所を壊されるほどルトに嫌われた。もう生きる価値がない』と今にも死にそうな顔で言ったきり、部屋に引き籠もってしまったんだ。するとな、河川が氾濫を始め、湧き水は濁り、火山が爆発し」

思い切りメンタルやられてんな、エリクさん。ダークサイドに引き込まれまくってるし。ていうか二人の思い出の詰まった場所って、どんだけブラコンなんだあの人。

王様が、深刻そうな顔で言った。

「このままだと国は滅茶苦茶だ。すまないルト、この通りだ――！」

王様が頭を下げると、ルトは非常に嫌そうに目を細めた。

33　扉が開く

そんな話をし終えた俺たちが到着したのは、豪華絢爛(けんらん)な通路の奥にある大きな扉の前だ。

扉一面に金色の金属で蔦(つた)模様が描かれている立派な両開きの扉なんだけど、――なんかどんよりした重ったるい空気が中から漂ってきているような。

うわあ、と思わず顔を顰(しか)めていると、王様が言った。

「ここがエリクの部屋だ。頼むルト、ユーヤ殿！」

情けなく眉を下げて手をモミモミしている王様に、ルトは冷たい一瞥(いちべつ)をくれる。

「……」

うん、無言だよね！　分かってた！

王様は次に俺を見てきた。その目があまりにも怯(おび)えた小動物っぽくて、段々憐(あわ)れになってくる。

俺さ、ルトを虐(しいた)げてきた家族とか周りの人たちに対して、正直いい感情は持ってなかったんだよね。

でもさ、さっきの王様の話が全部本当なら、彼らは彼らなりにきちんとルトを愛そうとしていたってことじゃないか。家のくだりとか、懸命に心を砕いているのは伝わってきたもんな。

……物理的な距離が開きすぎて、ルトには伝わってなかったかもしれないけどさ。

俺はルトがどんなに寂しがっていたのかを知っているから、どちらを責めることもできないけど。

今後は、これまでよりも近い距離で関係を築けたらいいなって思ったんだ。だから。

「はい。頑張って話してみます！」

と力強く頷いたんだ。ルトは相変わらずムスッと寄りの無表情のままだったけど、反対はしなかった。

ルトの胸に手を触れる。

「ルト、降ろして」

「いやだ」

途端、赤い瞳が不安そうに揺れる。俺と引き離されたことは、まだかなり尾を引きずってるみたいだ。三日間ノンストップで抱きまくったのにまだ足りないのか……。

直後、ヤッてる最中のルトの肌の熱と耳の表面を濡らす吐息の荒さをまざまざと思い出してしまった。すぐにキュンとする、俺の下腹部。きっと今、服の下で淫紋がど派手に輝いてるんだろうな。

「ルト、耳貸せよ」

ルトの耳たぶを摘んで引き寄せる。ルトは俺がどんな雑な扱いをしても、素直だ。王子様がこんなんでいいのか？　て思わなくもないけど、俺に触れられるだけで嬉しそうな顔をするからなあ。かわいーの。

ちょっとばかり優越感を覚えながら、ごく小さな声で囁いた。

「……帰ったら抱かせてやるからさ。お前の好きな体位でいーよ」

まあ俺の要望なんて言う前にルトは好き勝手やるんだけどさ、一応ね。

ルトは目を少し見開いた後——ほわりと美神の微笑みを浮かべながら、そっと俺をその場に降ろした。俺の今夜の睡眠時間がなくなることが決定した瞬間だった。今夜だけで済むかな。下手したらまた三日間とか……一瞬、気が遠くなった。

「ありがと、ルト」

「ああ」

目の下を赤く染めて目を細めるルト。これ、絶対どんな体位でしようかなって考えてる顔だよなあ。綺麗な顔してエロいことばっかり考えてるんだから。

俺ってばルトの動かし方をマスターしたっぽいかも、と考えながら、両足でしっかりと立った。

まあ、とは言っても、やってることは色仕掛けなんだけどな。

それにしても、まさか俺の身体に陥落する奴がいるなんて、こっちの世界に来るまで思ってもみなかったよ。乳首もなんかエロい形に変わってきてるし、こりゃもういよいよ童貞とさよならする機会はなくなったかもしれない。

足を一歩踏み出す。家を出る直前の寝バックイきすぎによる腰抜けは、もう治っていた。

扉をノックすると、待つ。……誰も出てこないし、返事もない。あれ？

「……物音する？」

俺の背後にぴたりとくっついているルトを仰ぎ見る。

「さあ」

どうでもよさそうに返事しないで、ルトさん。一応君とお兄ちゃんの仲裁しに来てるんだからね？

「勝手に開けちゃっていいのかな？」

俺の問いに、無表情のルトが心底どうでもよさそうに答えた。

「鍵が閉まってたら帰ろう」

答えになってるようななってないような。とりあえず、エリクさんに対してはまだ怒ってるらしい。ルトって一回怒ると根に持つタイプなんだな。覚えとこう。

ドンドン、と大きく叩いてみた。応答はない。ドアノブを掴んでみたけど、回らない。ええぇ。

「ユーヤ、帰ろうか」

しれっとルトが言った。判断が早い。腰に当たってるルトの中心がちょっぴり硬くなり始めてるのは、これ絶対帰ってエロいことしようって考えてるだろ。少し待て。お前は獣か。

「待ってよルト。王様とかさ、国の人も困ってんだろ。見捨てておけないじゃん」

国士が兄弟喧嘩のせいで荒れてきてるっていうのに、このままスルーしてルトの家でしっぽり……なんて、そこまで傲岸不遜な態度は俺は取れない。だって俺、小市民だし。和を尊ぶ日本人の血がバリバリ入ってるし。

「ユーヤ殿……！　天使の如き慈愛に満ち溢れたお言葉……っ」

王様が涙を拭うと、ルトが「ユーヤは俺の天使だ」とすかさず釘を刺した。そこ、天使がどうとかで争わない。俺は普通の人間なんだからさ。

ああもう、と苛立ちを隠さないまま、今度はもっと大きく叩いた。

「エリクさーん!? ルトを連れてきましたよー! 仲直りするなら今しかないですよー!」

直後、中からドタタタッという何かが落ちたような音が響く。

それと同時に、誰かが言い争うような声も。

——ん? 声? エリクさん、ひとりでいるんじゃないの?

と内心首を傾げていると。

カチリ、と扉の鍵が内側から開けられた。

キイ、と音を立てて、扉が開く。

「——やっと来てくれたね……!」

扉の隙間から顔を覗かせたのは、しわくちゃになったシャツの前を開けた、パンツ一丁で膝を子鹿みたいにガクガク言わせているサラリーマンのお兄さんだった。

「え……っ」

お兄さんのお腹には、俺と同じようなエロい淫紋が、燦然と輝いていた。

34　お兄さん

お兄さんは俺とルトの顔を見ると、ホッとした表情に変わった。そしてそのまま、ズルズルと扉に手を突きながら床に座り込む。

「お兄さんっ!?　大丈夫ですか!?」

「う……っ」

お兄さんを助け起こそうとしゃがむと。

よく見ると、お兄さんの目の下はくまで真っ黒になっているじゃないか。目は充血してるし、顔色がものすごく悪い。

明らかに寝られていない人の顔だった。

「だ、大丈夫……そうじゃないですね……？」

「は、はは、不甲斐(ふがい)ない……」

お兄さんはへにゃりと笑うけど、安堵(あんど)からかじわじわと涙が滲(にじ)んできている。ああっ、俺の中の庇護(ひご)欲が溢れる！

「とにかく掴まって！」

「ありがとう……っ、うう」

お兄さんを抱き抱えると、ふわりと甘い香りが香ってきた。——ん？　この匂いはまさか。

俺にぐったりと寄りかかりながらも部屋に戻ろうと懸命に震える足を前に出すお兄さんを、改めてじっくりと観察する。

輝く淫紋。目の下のくま。更によく見てみると、シャツの隙間から覗く白い肌には、どう考えてもこれキスマークだろっていう跡が散っている。

……ヤッてたな、と気付いた。

異世界の器を必要とするのは、魔力に愛されし者だ。

ルトはずっと、俺を他の人に奪われないように、と懸命に俺の中に注ぎ続けた。

他の人。どう考えても、エリクさんしかいないじゃないか。

俺の前に魔王なんて存在が現れちゃったからこんがらがってたけど、ルトは俺をエリクさんに奪われまいとしていたんだ。

つまり、お兄さんの相手は――エリクさんに他ならない。

「ゆ、ユーヤくんだよね……？　聞いて、聞いてほしいんだ……！」

お兄さんが、はらはらと泣きながら懸命に訴える。

草臥(くたび)れたサラリーマンだと思ってたけど、可愛(かわい)らしい顔の中で一番印象的な瞳が真剣そのもので。

素直に「綺麗な人だな」と思った。

考えてみたら、聖女召喚された女子高校生――セリナちゃんだっけ？　も見捨てられずにヘッドスライディングするようなお人好(ひとよ)しだ。自分だって異世界召喚に巻き込まれたのに、お兄さんの鞄(かばん)に巻き込まれた俺に必死で手を伸ばしてさ。

この人、本当に心が綺麗なんだ。一瞬で理解できた。

深く頷く。

「聞きますよ、俺はその為に来たんだから」

お兄さんの腰を掴んで、俺も一緒に部屋の中に踏み入った。現時点でエリクさんとルトを橋渡しできるのは、多分俺しかいない。ルトが心を許しているのは、俺だけだから。

お兄さんは、涙を流しながら悔しそうに唇を噛んだ。

「ありがとう……！　エリクが今にも闇落ちしそうなのに、僕の力だけじゃ繋ぎ止めるので精一杯で……！」

あれ、今聞き捨てならない単語を口にしてなかった？

数秒考えて、ようやく「闇落ち」の意味が脳みそに浸透する。

思わず大きな声が出た。

「……えっ！　闇落ち!?」

なにそれ、物凄くやばいじゃん。兄弟喧嘩とかのレベル超えてるよね？

「もう間に合わないかと思った……！　僕の体力も限界で……っ」

「！　急ぎましょ、お兄さん！」

部屋の中は広くて、さすがは王子様の部屋だなっていう豪華な調度品が趣味よく配置されていた。

デン、と部屋の奥、窓際に鎮座しているのは、天蓋付きの大きなベッドだ。えんじ色のカーテンは閉められていてよく見えないけど、中央がこんもりしているのは分かった。あと、魔王と会った時みたいななんか禍々しい感覚もしてくる。あれがエリクさんかな？　あ、なんかじっと見てたら黒いモヤが溢れてきてるような……。

お兄さんが、足をガクガク言わせながらも懸命に俺をベッドへと引っ張っていく。

「僕だけじゃ、戻ってこれないんだ……っ。助けて、エリクを助けて、お願い……！」

「お兄さん……」

絞り出すようなお兄さんの声を聞いて、胸が締め付けられた。

きっと、エリクさんのことが大好きなんだ。俺から見たらエリクさんは正直微妙な人だったけど、俺から見てコミュ障のルトが可愛く見えるように、お兄さんから見たエリクさんにもきっと惹かれる何かがあるんだと思う。

まあ、実際見た目はルトによく似て格好よかったしな。自信家っぽいところが鼻についたけど。

後ろを振り向くと、いつでも俺を支えるつもりでいるのか、ルトが両手を俺の方に伸ばしながらついてきていた。よしよし、このまま一緒に来てね。お願いだからへそ曲げないでね。

ベッドの前に辿り着く。

お兄さんはフラフラとベッドの上に乗ると、這いずりながらエリクさんと思わしきシーツの塊に手を触れ、揺さぶった。

「エリク、お願いだよ……！　弟さんが来てくれたよ、だからちゃんと話そう、ね？」

すると、塊から呻くような声が聞こえてきた。

「いやだ……っ、これ以上嫌われたら、僕はもう生きていけない……っ」

泣いている声だった。

ルトを振り返る。無表情だったけど、少し困っているような気配が感じ取れた。多分、コミュ障だからこういう時どうしたらいいのかが分かんないんだろうな。圧倒的経験不足ってやつだ。

「ルト」

「ユーヤ……」

ルトの手を握り、エリクさんの元へと引っ張っていった。ルトは大人しくついてくると、俺が指差したベッド脇に腰掛ける。

「ルト、ちゃんと聞いてやれ」

ルトの眉が、ぴくりと動いた。

「そんでその後、お前の話もちゃんとしてやれ。あんたたちの争いの原因は、完全に会話不足からきてるよ」

ルトの目が、大きく開かれる。不安そうに揺れているのが下腹部にキュンとくるけど、今は心を鬼にした。

「逃げるなよルト。ちゃんと向き合え」

くい、と顎でルトに「やれ」と合図をする。俺えっらそー！　て内心思ったけど、こうでもしなきゃもうこの先は進まない気がしたんだ。

ルトから目を逸らさずに見つめ続ける。

すると微動だにしなかったルトが、グッと口を真一文字に結んだ後――。

バッ！　とシーツを掴んで引っ張った。

エリクさんも、まさかルトがいきなりシーツを剥がすとは思ってもなかったんだろう。

膝を抱えて丸くなり頭を押さえているエリクさんは、突然のことに反応ができなかったのか、「訳が分からない」という顔になっていた。うん、分かるよ。話し合いにきたのに、話しかけられる前にいきなりシーツ剥がさないよね、普通。

「……エリク兄様」

相変わらずの低い聞き心地のいい声で、ルトがエリクさんを呼んだ。

「え、わ……っ」

エリクさんはよく見ると灰色の無精髭(ぶしょうひげ)が生えていて、上半身は完全に裸。下はシルクっぽいサラサラの部屋着っぽいのを穿(は)いていた。スッポンポンじゃなくて良かったよ。そういやルトは三日間耐久エッチしても髭生えなかったな。

「か、返せ……っ」

エリクさんはシーツを掴んで引っ張ろうとしたけど、ルトは無表情のままそれを更に引っ張り、自分の背後の床にポイッと投げてしまった。

出てきたシーツから、甘ったるい香りがモワンと漂う。散々ヤッたんだろう、シーツのあちこちに液体が乾いた跡が付いていた。……うん、見なかったことにしよう。卑猥(ひわい)すぎる。

ルトが戸惑ったように俺の方を見る。俺はひとつ頷くと、話を切り出すことにした。気分は進行役だ。

「じゃあまずエリクさん……」

エリクさんはブルブル頭を振りながら、隣に寄り添うお兄さんに縋り付いた。エリクさんもそれなりに大きい人なのに、俺とどっこいどっこいのサイズのお兄さんに守られてる感が半端ない。余程ルトに嫌われるのが恐怖なんだろうな。

弟に対する溺愛っぷりがちょっと恐ろしい気もするけど、ルトの俺に対する愛情表現の程度を考えると、あの熱烈さのベースを作ったのはこの人なんだろうってすんなり納得できた。

ルトはあの溺愛っぷりが世間一般の当たり前の愛情表現だと思ってるに違いない。何故なら、ルトに直接的な愛情表現を示してくれたのは、エリクさんただひとり。お手本になる人がエリクさんしかいなかったから。

「——はやめて、ルトからいこうか」

ルトよ、頼むから困ったように俺を見ないで。

溜息を必死で抑えながら、ルトに尋ねた。

「ルト、まずはエリクさんに何が嫌だったのかを説明しよう」

なるほど、みたいな目で見てくるルト。

「俺は……聖女と結婚したくない」

すると、それまで震えていたエリクさんがガバッと顔を上げた。

「な……なんでだよ⁉　聖女はお前との相性ばっちりだよ⁉」

「相性はよくない」

ルトは無表情のまま即答する。エリクさんは見るからに動揺していた。

「そ、そんなこと……っ、二人で協力して魔王を倒したら、きっと絆も深まるよ！　だってほら、聖女セリナは女の子だから、ルトが望んでいた賑やかな家庭だって思いのままだよ⁉」

エリクさんの言葉に、ルトが口を真一文字に結ぶ。

「……ルトは賑やかな家庭がほしかったのか？」

ルトは何も答えない。でも、伏せ気味の目が、そうだと語っていた。

エリクさんが、代わりに答える。

「そうなんだよ！　ルトはお城の塔から街を眺めて、『自分にもいつか家族ができる？』ってよく僕に聞いていたからね！　子どもと沢山遊んであげるお父さんになりたいなって言ってたよな⁉」

と、扉の方から「……オオオオッ！」という男泣きの声が聞こえてきた。王様が膝を突いて泣いている。うわあ、メンタル直撃しちゃったみたい。なんか飛び火してすんません。

ルトが、ボソリと低い声で返す。

「……でも、俺はユーヤがいい」

エリクさんがルトの腕を掴んだ。

「その子では、ルトに子どもを産んであげることができないだろう⁉　僕はルトに幸せな家庭を築いてもらいたくて、だから……っ！」

その時俺は、ようやく「ああ」と納得がいったんだ。なんでエリクさんは頑なに聖女とルトをくっつけようとしていたんだろう、どうして俺じゃ駄目なんだろうって不思議だった。

エリクさんは、ただ単にルトが子どもの時に話していた夢を叶えてやりたかったんだ。だから男の俺じゃ駄目だったのか。納得だった。

でも、ルトはあっさりと首を横に振る。

「ユーヤじゃないと、嫌だ」

ルトって本当俺のこと大好きだよね。なんで？　俺も不思議で仕方ない。しかもルトにキスされたら俺もすぐにメロメロになっちゃったしなあ。あれってもしかして相性がいいってことなんじゃって思ったけど、違うのかな？

「そんな……っ！　おかしい、なんでそんなことになるんだ!?」

エリクさんは困惑した様子で頭を抱えると、ブツブツと呟き始めた。

「だって……召喚魔法にはルトの魔力を組み込んで、相性のいい器がいる座標を固定していた筈だ……。その上で余計なのを巻き込まないよう、その女性を召喚するように術を練っていたのに……どういうことだ……？」

余計なので悪かったな。二人も巻き込みやがって、こいつ。エリクさんをじろりと睨むと、エリクさんはサッと目を逸らした。一応巻き込んで悪かったって意思はあるのかな？

すると、それまで静かにエリクさんに寄り添っていたお兄さんが、素っ頓狂な声を上げる。

「……あっ」

「どうしたんですか？」

俺の問いに、お兄さんが驚いた表情で答えた。

「……僕、召喚陣が現れた時の一部始終を見てたんだけどね」

「はい？」

「最初、物凄く大きな光が地面一杯に広がった時、中心にいたのがユーヤくんだったんだよね」

ん？　どういうこと？

「え、でも俺はセリナちゃん？　の足許が光るのを見たんだけど」

お兄さんは目を大きく開いたまま頷く。

「そうなんだけど、光った後に召喚陣が現れて、それがセリナちゃんを呑み込んだんだよね」

「どういうことです？」

俺は呑み込みが悪いのか、お兄さんが何を言いたいのかよく分からなかった。

「だからね、多分相性のいい器はユーヤくんだったんじゃないかな。なんだけど、エリクが『女性を召喚』するように術を組んじゃったから、近くにいたセリナちゃんの足許に召喚陣が開いたんじゃや」

「つまり？」

首を傾げた俺に、お兄さんが言った。

「つまり、巻き込まれたのはセリナちゃんと僕ってこと、かな……？」

「……はあ？」

俺の目が、点になった。

36　闇落ち

エリクさんが、目を大きくして俺たちを見回している。

「……そんな……それが真実だとしたら、僕が……僕がルトに家族ができる可能性を奪ったってことに……」

ガクガクと身体（からだ）を震わせ始めたと思った途端、ブワアッ！　と黒いモヤがまるで炎のようにエリクさんから噴き出してきた。エリクさんを中心に、部屋中に強風が吹き荒れる。

天蓋の布はバサバサと台風の日にひっくり返ってしまった傘のようにはためき、サイドテーブルに載っていた花瓶が床に落ちてパリンと割れた。

「うわっ!!　なあルト、これってまさか！」

目を腕で庇（かば）う。これは拙（まず）い状態だっていうのは、闇落ちに全く詳しくない俺ですら分かった。

慌ててルトを見ると、驚いたように目を開けて固まっている。

「エ、エリク兄様……？」

何が起きてるのか、ルトも咄嗟（とっさ）に分からなかったのかもしれない。驚いたような怯（おび）えたような表情で、エリクに向かって遠慮がちに手を伸ばした。

「――エリク！」

すると、黒い炎を四方八方に撒（ま）き散らしているエリクさんに飛びついた人物がいた。お兄さんだ。

お兄さんはエリクさんの両肩を掴むと、大きく揺さぶる。

「エリク！　駄目だ、そっち側にいかないで！」

「僕が……ルトの幸せを奪った……」

エリクさんの焦点は合っていない。俺はただ見ていることしかできなくて、ずっと頭の中で「どうしよう、どうしたらいい」と自問自答を繰り返していた。だけど、焦り（あせ）が募るばかりで解決法が思いつかない。

そっち側。お兄さんが言ってるのは、ダークサイドに落ちないでってことだ。お兄さんの様子からこれが初回じゃないみたいと分かったけど、これまでどうやって抑え込んでいたんだろう？

と思ったら。

「エリク！　僕の中に吐き出して！　早く！」

お兄さんは躊躇（ためら）いもなくパンツを脱ぎ捨てた。ぷるん、と想像以上にぷりぷりの白いお尻が出現する。

と思うと、ブツブツと言いながら虚（うつ）ろな目をして座り込んでいるエリクさんの上に勢いよく跨（また）がった。……うおう。え？　どゆこと？

「エリク！」

お兄さんはエリクさんの股間に手を伸ばすと、サラサラのズボンの中からでっかいちんこを掴み出した。ルトよりは小ぶりだった。それでも俺の倍近くはあるけど。

お兄さんはエリクさんのちんこを手で扱（しご）くと、緩やかに勃（た）ち始めたそこに自分の蕾（つぼみ）を沈めていく。

わ、うわ……っ。俺は口をあんぐりとさせて凝視した。見てる間にも、ぶちゅぶちゅ、とエロい音を立てながら、お兄さんの中にエリクさんが埋まっていく。

「んん……っ！　エリク、僕の目を見て、正気を取り戻せよ！」

お兄さんは再び泣きながら、対面座位でじゅっぽじゅっぽと水音を立てつつ身体を上下運動させていた。羽織っただけのシャツが揺れ動く度に、エリクさんのでっかいのがお兄さんの大事な所に出ては入っていくのが見える。

やっぱ、エロい……。

目を逸(そ)らすことができなくて、でもどうしていいか分からなくて隣のルトの腕を掴んだ。ルトは俺の手を上から押さえると、俺の腰を引き寄せて頭にキスを落とす。こら、キスの催促じゃないってば。

「はあ……っ、あ、んっ！　エリク、目を覚まして……！」

お兄さんの掠(かす)れた喘(あえ)ぎ声は涙混じりだ。

目の前で人がエッチしてるっていうのにあまりにも切なくなってしまって、俺は拳を胸の前で握り締めると言ってしまった。

「――お兄さん！　頑張れ！」

俺の声援が聞こえたお兄さんは、火照(ほて)らせてエロさ満載の横顔を俺に向けると、しっかりと頷(うなず)く。

「あっ、ん、うん……っ、頑張るよ！　エリク、イッて、僕の中にそれを放つんだ！」

「頑張れ！　エリクさんも頑張れ！」

頑張って腰を振って相手をイかせようとしている人を応援するという訳の分からない状態だったけど、この時の俺は必死だった。それくらい、お兄さんに悲壮感が漂っていたからだ。

「はっ、あ、エリク、エリク……っ！」

「エリクさん！　お兄さんの為にイくんだ！」

と、エリクさんの顔が苦しそうに歪む。あ、これは近いぞ！　と思ったら案の定、エリクさんが呻き声を漏らしながら、ビク、ビク、と身体を震わせた。

シュワシュワと、黒いモヤが薄れていく。

「はあっ、エリク、ああ……っ」

お兄さんはエリクさんから出たものを外に出すまいとしてか、ぎゅっとエリクさんに腕と足を絡めてしがみついた。

「いいこ、頑張ったね……！」

エリクさんの乱れた前髪を掻き上げては、いいこ、いいこ、と囁きながら顔中にキスを落としていく。

「お兄さん……！」

俺の涙腺は、もう崩壊寸前だった。あまりにも切なくて、ルトにぎゅっと抱きつく。

お兄さんが、艶っぽい吐息を漏らしながらルトを見た。

「ルトさん、お願いです……！　今ならきっとエリクにも貴方の声が届くから！　思っていたことを言って、エリクを連れ戻して……！」

「……！」

ルトが不安そうな目になった。

37　和解

ルトの不安そうな顔。

コミュ障だから、本当に何を言っていいか分からないんだと俺には分かった。

ならば、ここは俺の出番だ。ルトの目をしっかりと見る。

「ルト、俺の質問に答えて」

「……分かった」

ルトはまだまだ不安そうだったけど、俺が声を掛けて少し安心したようだった。

「エリクさんがどうしてこんなことをしたか、分かってるか？」

「……俺に結婚してもらいたい、からか？」

ルトは疑問形で答える。……やっぱりこいつ、あんまり分かってないな。

「どうして結婚してもらいたいって思ってたと思う？」

ルトは困惑気味だった。

「エリク兄様は……俺が魔王を倒して聖女と結婚したら英雄になれる、と……。国の役に立つ……？」

駄目だこりゃ。

「そーじゃないんだよ、ルト。エリクさんはな、お前に幸せになってもらいたかったんだよ」

「……幸せ？」

ルトがキョトンとする。……嘘だろ、まさかここまでとは。

「エリクさんはずっと、ルトの賑やかな家庭がほしいって夢を叶えてあげようと思って頑張っていたんだよ。言葉足らずで独りよがりな部分はあったと思うけど、ルトの為を思ってのことなの。分かってあげてよ」

すると突然、ルトの表情がぐしゃりと歪んだ。

「……でも、俺を閉じ込めた。俺が言うことを聞けない愚図だから」

ルトの掠れ声に、エリクさんがびくりと反応を示す。

「……いつまで経っても魔力を制御できない駄目な弟だから、いつまでもエリク兄様が結婚できない。だから兄様が怒ったと」

「ルト……？」

ここにきてようやく、エリクさんがルトを見た。驚いた顔で。

「違う……僕は怒ってなんて」

「役立たずの手のかかる弟のせいで、兄様は幸せになれないから」

「ルト、ちが……」

ルトは俺を見たまま、泣きそうな顔で唇を震わせる。

「エリク兄様しか俺に近寄れないから、兄様は無理して会いにくる……」

「——無理なんてしてない！」

エリクさんが叫んだ。ルトの瞳に、じわりと涙が浮かぶ。

「……でも、いつも『ルトに家族ができたら僕も結婚するよ』って言ってただろう。俺は兄様の足枷じゃないか」

エリクさんは、必死な形相で首を横に振った。

「違う！　それは、僕は同じ魔力に愛されし者なのに、ルトだけひとりなのは嫌だったから！」

ふたりの目線が合う。

「僕はルトが寂しくならないようにって思って……！　僕だけが別に家族を作ったら、ルトがまたひとりになっちゃうじゃないか！」

ルトの赤い瞳から、ぽろりと涙がこぼれた。

「……やっぱり俺のせいで」

エリクさんは、懸命に首を横に振る。

「違う！　僕は……あーもう、どうして伝わらないいんだよ！　僕はルトが大事なんだ！　大切な人の幸せを願っただけなんだよ！」

「……！」

ルトは鳩が豆鉄砲を食ったような顔になると、首を傾げた。

「俺が、エリク兄様の大切な人……？」

多分、ルト以外の全員が「マジかよ」って思ったに違いない。実際、扉の方から王様が「ルト……それはいくらなんでも……」て呟く声が聞こえた。

でもまあ、原因は分かったかもしれない。半分呆れ返りながら、二人を交互に眺めた。

エリクさんの行動原理は、全てがルトに起因してる。それを大切に思われてるからだなんてルトがちっとも思ってなかったのは、コミュニケーション不足。このひと言に尽きる。

ルトのコミュ障の原因は、多分なんでも先回りして整えてしまうこの兄貴の妙な有能さに多分の問題があるんだろう。

弟を心配して可愛がるあまり、「心配しなくてもお兄ちゃんがなんとかしてやるぞ！」とやったんだろう。プラス、ルトの機嫌が悪いとご機嫌を伺ってた疑いもある。「僕は弟の味方だし！」て感じで、絶対嫌われたくない感満載で接してたんだろうな。

……過保護なブラコンめ。俺は遠い目になった。

まあ、お陰で悪意なんて知らない純粋培養みたいな真っ直ぐで優しい人間に育ったけどさ。問題は山積みだよなあ……。

二人のやり取りはまだ続く。続けろ続けろ、と俺は思った。お互い遠慮してぶつかり合いを避けてただろうこの兄弟に必要なのは、腹を割って話し合うことだ。

「——当たり前だろう！　生まれてすぐからずっと一緒にいたんだぞ！　可愛くない訳がないじゃないか！」

ルトが、滅茶苦茶驚いた顔をした。

「俺は……兄様の邪魔者だと……」

「そんな訳あるか！」

ハア、ハア、と肩で息をするエリクさん。この際、エリクさんのちんこがまだずっぽりお兄さんに入ったままなことは横に置いておこう。

「僕はルトが好きだよ！　大好きだよ！　ルトの幸せが僕の幸せってくらい好きだよ！」

「兄さ……」

「僕だって沢山言いたかったよ！　でもルトは、僕が好きって言うとどんどん無口になったじゃないか！」

ルトの目が泳ぐ。

「それは……他に話し相手がいない俺に気を遣ってたのかと」

「馬鹿！」

エリクさんはお兄さんの肩をそっと掴むと、「すまない、ありがとう」と小声で囁いた。お兄さんはこくりと頷くと、エリクさんから自分を抜く。「……んっ」て声がエロい。

エリクさんは膝立ちになると、ルトに飛びついた。

ルトは目をまん丸くして、面白いくらいに驚いている。

「ルト、勝手に突っ走ってごめん……！　僕を嫌いにならないで、大好きなんだ！」

赤い顔のお兄さんは、パンツを穿きながら嬉しそうに微笑んでいた。うんうんと頷いている。本当にいい人だな、この人。

「俺は……呆れられてなかった……？」

「こんなに可愛いルトを僕が呆れる訳ないだろおおっ！　好きだよお！　うわあああん！」

「エリク……兄様……っ」

ルトの腕が、エリクさんの背中に回される。ぎゅっと抱き締め合った二人は、長年のすれ違いを溶かすように、抱き締め合いながら泣いて泣いて泣いた。

すると暫くして、パチパチパチ、と拍手が二人分聞こえてくる。

振り返ると、泣いている王様と宰相が、拍手をしながらこちらに歩いてくるのが見えた。

「よかった、本当によかった……！」

「麗しき兄弟愛でございますね、陛下……！」

うん、俺もそう思う。

だけどさ。

誰か、エリクさんのちんこが出しっ放しでプラプラ揺れていることに突っ込まないの？　気になってるの俺だけ？

感動の和解シーンな筈なのにオープンにされたでかちんこのせいで、素直に感動できない俺がいた。

「よかったねえ、エリク……！」

——お兄さんは俺側かと思ってたのに。

ものっすごいアウェー感の中、俺は成り行きをただ見守っていた。

38　聖女の事情

晴れ渡った空の下。

俺たちは、整えられた庭園にある東屋(あずまや)――って言うとあれだから、ガゼボっていうんだっけ？に集まっていた。

「えーっ。魔王ってそんなよわよわだったの？　だっさ！」

ケラケラと明るく笑っているのは、聖女と呼ばれて大迷惑を被った女子高校生の伊藤芹奈(いとうせりな)ちゃんだ。

召喚陣に引き込まれた時は、背中まで届く長い黒髪の印象も相まってただ可愛らしい子だなって思っていたけど、話してみたらすごくさっぱりとした明るい女の子だった。竹を割ったような性格って表現がぴったりくるかもしれない。

「でもまじで助かった！　いくらイケメンだってさ、あんなしかめっ面(つら)した魔王みたいな怖い人と旅とか、絶対御免だったもん！」

「ルトの態度が悪くてごめんなー。あいつ人見知りの上にコミュ障だからさ」

一応、代わりに謝罪する。ルトが芹奈ちゃんに冷たい態度を取ってたのは確かみたいだしな。

芹奈ちゃんは中で花が咲いてる赤っぽいお茶に口をつけると、ズズズ、と日本茶みたいにして飲んだ。なんかこの子いいよね。気を遣わないでいいっていうかさ。聖女がルトに惚(ほ)れて「ルトと結婚する！」てなっちゃうような女子っぽい子じゃなくて本当によかったって思う。

「ほんとだよー！　でもまあ最初から私なんてどーでもいいって態度だったから、こっちも助かったけどねー」

芹奈ちゃんには、元の世界に「付き合いたてでこれからちょーラブラブになる予定」の彼氏がいた。スマホのロック画面には二人が猫耳を着けたツーショット写真があって、その意外性に驚いた。

一六〇センチぎりないくらいっていう芹奈ちゃんと殆ど変わらない身長の黒縁眼鏡の気の弱そうな男の子が、遠慮がちな上目遣いでこちらを見ていたのだ。すっごい可愛い子だった。女の子っていっても通用するくらいの愛らしさだ。

芹奈ちゃんのお隣の家の幼馴染みで、俺と同い年の芹奈ちゃんの二歳年下。昔はかなりの引っ込み思案で、ガキ大将気質な芹奈ちゃんの背中に隠れていた子だったそうだ。

そんな彼が、芹奈ちゃんの後を追ってうちの高校に入学。最初は弟としか見てなかった芹奈ちゃんに猛アピールを始めた。それまで一切意識してなかった芹奈ちゃんだったけど、熱烈に愛を囁かれて、ついこの間陥落したばかり。

芹奈ちゃん曰く、「俺これから格好良くなって芹奈ちゃんの理想に近付くから」って壁ドンされながら言われたらしい。うっほー、漢だね！　それ、俺が言われても落ちるかもしれない。

芹奈ちゃんは、可愛い幼馴染み認識だった彼の男らしさに完全にノックアウトされた。週末の初デートでは、おそろいの指輪を買おうね、なんて言われて相当舞い上がっていたらしい。青春っていいね。

そして、問題の召喚の日。

あの日はたまたま彼が委員会で早く行かないといけなくて、一緒に登校してなかった。芹奈ちゃんは、「でも彼氏が一緒じゃなくて本当よかった。だってさ、最悪どっちかの王子に食べられてたかもしれない訳でしょ？」とホッとしていた。君も結構言うよね。でもあっさりといただかれてしまった立場の俺としては、何も言えなかったけどさ。

二人が召喚された先は、広くて綺麗な神殿だったらしい。そこでエリクさんやら王様やら神官やらに囲まれて、訳の分からないままお城へ連れていかれて、貴女が聖女だって言われた。

最初の感想は、「ふざけんな」だったらしい。浮かれなかったのは、彼氏が心配する、どうしようって思ったからだ。この辺はさすがというか、現実的だ。芹奈ちゃんは、元の世界に今すぐにでも帰してもらいたかった。でも、みんな浮き足立っていて、まともに話も聞いてくれなかった。

そこで頑張ってくれたのが、草臥れたサラリーマンのお兄さん——佐久間正太郎さんだ。

気弱そうに見えても、正太郎さんは芹奈ちゃんが召喚されそうなところにヘッドスライディングして助けようとするくらい勇気のある大人だ。社会経験もあるし、いざとなると強かった。

芹奈ちゃんを背に庇うと、その場を仕切っていたように見えたエリクさんに凛として状況説明を求めた。芹奈ちゃん曰く「マジ神かと思った」そうだ。俺もちょっとその場面は見たかったかも。

エリクさんは、ごく初めは「何こいつ」みたいな舐めた目で正太郎さんを見ていた。なんだけど途中でハッとすると、前のめり気味に正太郎さんに近づいていったらしい。

正太郎さんは理路整然と質問をすると、きちんと状況把握していった。今はでかけている第四王子と会わせたいこと、元の世界へ戻すのも座標を把握しているので可能なこと。異世界から来た人間は器と呼ばれて、魔力が多いこちらの人間と結ばれるという伝承があることを全部聞き出した。なんでも正太郎さん、会社で知らない内にクレーム処理担当にされちゃってたらしくて、こういうのは得意なんだって。

エリクさんは「ショウ、お前が気に入った。もう少し詳しい話をしようじゃないか」と焦(あせ)った様子で言うと、正太郎さんをどこかに連れていこうとした。そこで正太郎さんは、エリクさんと話す条件として芹奈ちゃんに絶対に手を出さないこと、客人として丁寧に扱うことを約束させた。

そこから芹奈ちゃんはＶＩＰ扱いになった。「なんか第四王子が魔物討伐から戻ってきたのに報告しにこなくて面会ができないからどーのとか言われてさ」と芹奈ちゃんに言われ、俺はサッと目を伏せた。帰ってルトに抱かれまくってました。お待たせしてすんません。

で、ルトが戻ってきたとエリクさんに呼ばれて、ついでに正太郎さんとも再会できた。でもこれまで冷静だった正太郎さんはなんだか様子がおかしくて、心配した芹奈ちゃんが声をかけると「やばい、どうしよう、異世界の人なのに」って呟(つぶや)いていたらしい。

あ、これもうヤッちゃった後だな、と気付いた。

で、芹奈ちゃんはようやくルトに会った。なんだけど、お互い「はあ、だから？」みたいな状態だったらしい。

39　お兄さんの事情

エリクさんは、芹奈ちゃんとルトが出会った瞬間に惹(ひ)かれ合う筈だと信じていた。
にも拘(かか)わらずお互いしかめっ面な二人を見て、エリクさんは焦った。そこで「一緒に魔王討伐の旅に出て絆(きずな)を深めて」などと言われてしまい、芹奈ちゃんは「はあ？　ふざけんなボケさっさと元の世界へ戻せや」とブチギレたらしい。強い。

ルトは言い包(くる)めようとするエリクさんの勢いの前に、反論しようとしてもできなくて、そのまま塔に閉じ込められてしまった。エリクさんはルトに言い聞かせる為(ため)に塔へ行ってしまい、その隙に正太郎さんがエリクさんから聞き出したエリクさんの目論見(もくろみ)を芹奈ちゃんに説明した。

正太郎さんと一緒に「この後どうなるんだろう」と不安に思っていた芹奈ちゃんだったけど、正太郎さんの「芹奈ちゃんだけでも何とか帰らせてあげたい」って言葉に励まされたそうだ。

その後数日放置されている間、なんとかメンタルを保たせた。でも「彼氏や家族に会いたくてちょっと泣いちゃった」とてへぺろな感じで言われてしまい、言葉に詰まる。そりゃそーだよ。思わず涙ぐむと、「裕也っていー奴(やつ)だよね」って頭を撫(な)でられた。姉御って呼んでいい？

俺はエリクさんに次の日帰してもらえるって聞いてたから、ルトに後ろを掘られて処女喪失と失恋とで痛手は負っていたけど、まだどうにか耐えることができた。でも芹奈ちゃんは違う。大好きな彼氏が待ってるのに、無理やり結婚しろって迫られてさぞや怖かったことだろう。

そんな時、塔が爆発した。お城の中はとんでもない衝撃だったらしい。すぐその後に城の近くの空で激しい雷が鳴って、「この世の終わりがきたのかも」なんて思って正太郎さんと手を取り合って震えていたそうだ。

しかも更にその後、河川が氾濫したとか火山が爆発したとかの続報が入って、慌てた王様と宰相に正太郎さんが呼び出されて――。

訳が分からないまま、四日放置。お付きの侍女たちに聞いてもみんなよく分かってないみたいだったそうで、「聖女セリナはこの部屋から出ないように」と軽めの結界が張られた部屋で待機するしかなかった。

後になってもうひとりの異世界人である俺とルトが城に来てエリクさんと話し合いをしたと聞かされた芹奈ちゃんは、「自分必要?」って思ったらしい。

「四日もなにしてたの？　すっごい怖かったんだけど」って聞かれて、さすがに答えられなかった。だって三日三晩ルトにアンアン言わされてたのをさ、同級生の女子に言える？　無理だって。俺はそこまで面の皮は厚くない。

「にしてもさ」

と芹奈ちゃんが、俺と芹奈ちゃんの間に座ってほんわりと穏やかに微笑(ほほえ)んでいる正太郎さんを見た。

「正太郎さん、よくあのブラコンと結婚する気になったね」

「いやー、あはは、僕もそう思うよ」

頭を掻いてる正太郎さんは、もう覚悟を決めた人の表情になっていた。

「部屋に行った後フラフラ～って抱かれちゃった後さ、『君は僕の運命だ』なんて言われたから、さすがに驚いたけどね」

「エリクさんの愛情表現って突き抜けてますもんねー」

率直な感想を述べると、正太郎さんは頬をピンクに染めて恥ずかしそうにこくりと頷いた。

「エリク自身も魔力に愛されし者だって説明をされて、あの時にルトさんとの話も全部聞いて悪い人じゃないんだなっていうのは分かったけどさ。だからって生まれた世界が違うし、正直迷ったよ。――いくら元の世界では生きる意味を感じていなくても」

遠い目になった正太郎さんを見て、切なくなってしまった。だってさ、正太郎さんの生い立ちって、聞けば聞くほど不憫なんだよ。

俺は正太郎さんに聞いた話を思い出すと、思わず涙ぐんだ。

40　正太郎さんの生い立ち

正太郎さんは、元の世界ではとても孤独な人だった。

どこにでもある普通の家庭で育ったひとりっ子の正太郎さんだったけど、中学生の時に両親が買い物中に交通事故に遭って他界。あまり親しくなかった父方の弟——叔父さんの家に引き取られた。

なんだけど、この叔父さんがちょっと不幸体質な人だった。勿論、悪い人じゃない。引き取ってくれたくらいには優しい人だ。優しすぎたのが仇になったんだと思う。

経営している小さな会社がここのところの不況でうまくいかなくなって借金が積み重なっていっていたところに、信用していた社員が会社のお金を横領して失踪してしまったんだ。

正太郎さんには、大金じゃないけど保険金があった。だから優しい叔父さんに、「使って」と通帳を渡した。最初は戸惑っていた叔父さんも、社員を路頭に迷わせる訳にもいかなくて、頭を下げながらそれを受け取った。

で、会社は何とか不渡りを出さずに済んで持ち直してきた頃。

叔父さんが病に倒れた。正太郎さんが高校一年生の時の話だ。末期がんだった。

泣いて謝る叔父さんの手前、正太郎さんは「大丈夫だよ」としか言えなかったそうだ。

会社は古株の社員に譲った。正太郎さんへの毎月の生活費を払うって約束で。

叔父さんは、その年の大晦日に亡くなった。「両親の時と違って看取ってあげられたからよかった」なんて言って微笑む正太郎さんの横顔があまりにも悲しくて、その話を聞いた俺と芹奈ちゃんは手を取り合って大号泣したよ。

最初は会社を受け継いだ人も生活費を渡してくれていた。だけど、また会社がうまくいかなくなって、段々と資金繰りが怪しくなってきて――。

会社倒産と共に、その人は正太郎さんの前から消えた。正太郎さんが高校三年生の時の話だ。

独身だった叔父さんは、正太郎さんを引き取る時に掛け捨ての生命保険に入っていた。加入年数が短いし叔父さんもいい年齢だったから高額にはならなかったけど、数百万は正太郎さんの手元に残っていた。

正太郎さんは学校の先生――若い熱血漢な男の先生だったらしい――に勧められたこともあり、高校だけはちゃんと卒業することにした。実は正太郎さん、その先生に恋しちゃっていたらしい。だから叔父さんのお金を使うのは気が引けたけど、先生の助言を聞き入れてありがたく使わせてもらったそうだ。

高校卒業後就職をした正太郎さんは、男の先生に惚(ほ)れたことから、自分が同性愛者だってことに気付いた。でも先生がノンケなのは知っていたし、新しい恋をしている暇もない。その日を生きるので精一杯だった。

高卒の正太郎さんを受け入れてくれた会社は、アットホームが売りの会社。まさかなって思ったらやっぱりそのまさかで、かなりのブラック企業だった。

でも、恩師でもありまだ仄(ほの)かに恋心が残っていた先生から「うまくいってるか」なんて電話がある度に「実は……」なんて言ってがっかりさせたくなくて、先生の「石の上にも三年だぞ、佐久間！」という励ましを頼りに、正太郎さんは粘った。

毎日終電ぎりぎりまで残業を繰り返していた正太郎さんの耳に先生の結婚の話が飛び込んできたのは、正太郎さんが社会人三年目になった時の話だ。

結婚式の二次会に招待されたけど、仕事が忙しいと断った正太郎さん。自暴自棄になって、前から存在だけは知っていたゲイバーで、浴びるほど酒を飲んだ。

そんな正太郎さんを介抱したのが、元彼だ。元彼はまだ学生で、正太郎さんと同い年だった。正太郎さんの家に転がり込んで、半分ヒモみたいな感じで居着いた。

正太郎さんは残業だらけだ。だから元彼が「もっと早く帰れないの？」と不貞腐れると、元彼に奉仕してあげることしかできなかった。

なんだけどさ。ある日、たまたま正太郎さんが少し早く仕事をあがれて帰ってきた時、家の中から艶っぽい声が聞こえてきたんだ。

嘘だろって思いながら玄関のドアを開けると、見知らぬ靴があった。中に入ると、男同士の喘ぎ声とベッドが軋む音が聞こえた。

正太郎さんが目にしたのは、元彼の浮気現場だった。しかも、自分の家、自分のベッドの上だ。

正太郎さんは頭が真っ白になっちゃって、普通に話しかけてしまった。「ごめん、ここうちだから二人とも他でやってくれる？」って。

驚いた二人はわーわー言ってたけど、正太郎さんはスッと冷めちゃって、「一時間後に戻ってくるから、それまでに出ていって」と言うと、外に出た。

だけど、一時間半後に家の前に戻ってくると、ドアの前に元彼がしゃがみ込んで待っている。

正太郎さんは優しい。気の迷いだったたって縋りつかれたら許してしまうのが分かっていた。

だからその日、正太郎さんは家に戻らず、ネカフェでひと晩を過ごした。

スーツはよれよれ、髪の毛もボサボサの状態で、歩いて会社へと向かう。

そんな時、突然足許が光ったと思うと、正太郎さんの前を歩いていた芹奈ちゃんの足許に魔法陣が現れたのを見て——咄嗟に走った。

41　裕也の決断

異世界召喚に巻き込まれた正太郎さんは、芹奈ちゃんを守ろうと必死だった。

途中で落としてしまった俺のことも気になったけど、とにかく目の前のことからコツコツとっていうのが恩師の先生の教えだったかららしい。……うう、切ないよ。

そこでエリクさんに何故か気に入られて部屋に連れていかれてエロエロしちゃった後に「運命だ」と言われた正太郎さんは、正直に昨晩裏切られたばかりで人を信じられるような状況じゃないことをエリクさんに伝えたそうだ。やっぱりこの人、しっかりしてるよな。

だけどそもそも、なんで大して話し合う前からエロエロしちゃったかって？

原因は、やっぱりあの甘い匂いのせいだった。

エリクさんは立場のある大人だし、正太郎さんだって芹奈ちゃんを守らなきゃって気を張っていた大人だったから、最初はただの会話だけだった。

だけど、連れていかれた場所が問題だった。エリクさんの部屋に連れていかれた正太郎さんは、そこかしこから漂う甘ったるい香りに段々身体が火照ってきているのが分かったんだ。

俺と違って経験があったから、自分が欲情しちゃってるっていうことにすぐに気付いたらしい。

それはエリクさんも一緒で、戸惑った表情をしていたそうだ。お互い股間がテントを張っちゃって、物凄く気不味かったと言われた時は正太郎さんが憐れに思えた。ちなみに芹奈ちゃんは「やっば！　で？　それでそれで？」て楽しそうだった。君、もしかして腐女子？

正太郎さんは「帰って関係を清算しなきゃ」と思ってたし、エリクさんも「ルトのことが片付くまでは手は……っ」とか言ってたそうだから、無理やり手籠めにってことじゃなかったそうだ。

どちらからともなくキスをして、抱きついて押し倒されてってなってしまい、後はもう止まらなかった。

ひと晩中身体の中に注がれた正太郎さんの下腹部には、見事な淫紋が浮き上がった。実は淫紋にも相性は関係していて、相性がよくないと殆ど浮き上がらないらしい。つまり魔力を共有していることができないなら、器の意味がないってことだ。

エリクさんと正太郎さんは、滅茶苦茶相性がよかった。先に身体の関係から始まってしまったけど、エリクさんに最初から正太郎さんに惹かれていたと熱烈に愛を囁かれた。

正太郎さんも話を聞いてエリクさんがとても弟思いの優しい人なんだって思えたから、余計迷ったらしい。

その後、ルトが思い出の塔を壊して出ていってしまったことに物凄いショックを受けたエリクさんは、闇落ちしかけた。

王様と宰相は、エリクさんから正太郎さんが自分の異世界の器だという話を聞いていたらしくて、正太郎さんに頭を下げて頼んだ。闇落ちしそうになったら正太郎さんの中に射精させて、闇落ち成分を吸い取って中和してくれって。

それまではエリクさんと寝てしまったことを悩んでいた正太郎さんだったけど、エリクさんが闇落ちするかもと聞いて自分がとっくにエリクさんに落ちていたことに気付いた。だからその役目を引き受けた。

「だけど、二日経っても三日経っても、鍵を握っているルトさんの家が強力な結界に覆われていて、誰も近寄れなくて。何してたの？」

　と正太郎さんにも言われたけど、俺は「あは、あはは」と愛想笑いで誤魔化すしかなかった。ごめん正太郎さん、今度芹奈ちゃんがいないところでこっそりと話すね。

　ちなみに例の甘い匂いは、俺とルト、それと正太郎さんとエリクさんとの間でだけ発生した。俺とエリクさんや、正太郎さんとルトの間では発生しなかった。つまり、俺たちはきちんと相性がいい者同士でくっついたってことだ。それぞれ相性が抜群にいいのは、淫紋の輝きを見れば一目瞭然だからそういうことなんだと思う。

　なお、エリクさんと正太郎さんの場合は、密室でエリクさんの魔力が充満していたことから発生したと考えられた。

　ちなみにルトは、最初にキスした時に俺の中に魔力が溶けると甘みが増すことに気付いたらしい。さすがは魔力の塊だ。俺たち器側は甘い匂いを感知して、匂いイコール魔力の発生源を欲する。魔力を存分に体内に蓄えると、与えた側が舐めて甘みとして認識するらしい。

　以前ルトが俺の頬をべろりと舐めて甘いって評したのは、そういうことだ。あの時、俺の中に注げばどんどん甘くなるっていうのが直感で分かったらしくて、あとはもう夢中だったんだって。お互い甘々になったら、離れられない甘々カップルの完成ってことだ。

話を戻す。

エリクさんとルトがどうにか和解をして、俺が遅ればせながら「ルトが魔王を倒しました」って言った途端、また上を下への大騒ぎとなった。そりゃそーだ、だって何十年も国を困らせてきた魔王があっさりと倒されちゃったんだから。

そこで緊急会議が開かれた。俺たち異世界人も全員参加して、俺はそこで初めて芹奈ちゃんとまともに話した。

俺にベタベタと抱きついているルトをチラ見して俺に向けて放った第一声は、これだ。

「え、伊勢原くんその人に掘られた？」

……身バレしてるとは思わなかったし、もっとさ、オブラートに包む表現がさ……。

仕方ないので、俺はできるだけ堂々と胸を張って返した。「おう！　俺はルトの恋人だよ！」てさ。その時のルトの嬉しそうな顔は、きっと一生忘れられないと思う。

で、長時間に亘る会議の結果。

とりあえず現時点ではひとり分の異世界転移ができる魔力が残ってるので、芹奈ちゃんを帰すことに決まった。

彼女は巻き込まれただけで聖女じゃなかったし、元の世界に恋人もいる。大切な人と引き離される辛さをとうとうと語った正太郎さんの言葉に、こっちの世界の人たちはくすんくすんと泣いていた。ていうか王家の人みんな涙もろくね？

それから、正太郎さんはこっちの世界に残るときっぱりと言い切った。「エリクが僕を必要としている限り、僕もエリクを必要とするから」と言った瞬間、拍手喝采が起きた。勿論俺も手が痛くなるくらい拍手したよ。

エリクさんは心底嬉しそうに涙ぐんだ。エリクさんにとって正太郎さんは相性のいい異世界の器ってだけじゃなくて、闇落ちから救ってくれた恩人でもある。「生涯に亘り愛すると誓います」と半泣きで言うと、正太郎さんを抱き上げてくるくる回ったのも感動的だった。

で、俺の判断も求められた。戻ろうと思えば、少し時間はかかるけど魔力を溜めれば帰ることはできる。

ルトはグッと唇を噛み締めていたけど、帰らないでくれとは言わなかった。芹奈ちゃんの話で、俺にも待っている家族がいるってことにようやく思い至ったみたいだった。

……父さんも母さんも妹とも、俺は普通に仲が良かった。こっちに残ることを決めたら、きっともう一生会うこともない。

高校だって今年で卒業で、大学受験した暁には楽しいキャンパスライフが待ってる、なんて思ってた。

だから俺は考えて考えて考えた。

こっちの世界に残った時に失うものと、元の世界に戻った時に失うものは何かって。

時間を設けてもらって、ひとり部屋に籠もって考え抜いた。でも、いくら考えてもどっちも失いたくなくて、結論は一向に出なかった。

なんだけどさ。

煮詰まってしまって、気分転換に城の部屋のベランダに出た。

するとな、ルトの家が見えたんだよ。

屋根が連なる王都の中で、ポツンと緑色に囲まれた閉ざされた世界。

俺が自分の世界に帰ったら、ルトはまたあそこでひとりっきりになる。もしかしたら別の異世界の器が落ちてきて、俺の代わりにルトを救ってくれることだってあるかもしれない。

その時、俺は突然思い出した。

俺はこの世界に来る最中、途中で落ちてしまった。

そして落ちた先は、ルトの腕の中だった。

まるでそこが決められた俺の場所だったみたいに、ルトの元へと落ちていった。

「俺——……」

改めて、ルトの小さな家を見下ろす。

瞼(まぶた)を閉じると、小さなルトが膝を抱えてお城を見上げている姿が脳裏に浮かび上がった。

——こっちを見て、笑ってよ。

想(おも)いが溢(あふ)れると共に、掠(かす)れた声が俺の口から漏れた。

「……俺のいる場所は、ルトがいる場所だ」

それが、俺が出した答えだった。

ということで、俺は家族に向けて分厚い手紙を書いて芹奈ちゃんに渡した。

芹奈ちゃんのスマホで、この国の景色やちょっと恥ずかしいけどルトとのツーショット写真を撮ってもらった後、家族宛のビデオメッセージも撮ってもらった。

俺が話してる最中にルトが俺にベタベタチュッチュするのはさすがにどーなのって思ったけど、芹奈ちゃんが親指を突き立ててたからもうこれでいくことにした。幸せそうに見えるからいいんだってさ。

手紙だけだと信憑性（しんぴょうせい）が薄いし、俺の笑顔を見てもらいたかったから。芹奈ちゃんが充電器を持っていて本当によかった。ルトの魔法で充電してもらえたし。

それから、最後に話しそびれたことがないようにって正太郎さんも交えてここでのことを最初からおさらいした。お互い不明点が残らないようにって。

「——大体こんなものかな？」

「了解。後はまっかせて！」

細い腕に力こぶを作ると、芹奈ちゃんがにかっと笑った。

芹奈ちゃんは、この後向こうの世界に戻る。今日がこちらの世界での最後の日だった。

ガゼボでお茶会を開いている間、ルトもエリクさんも俺たちの傍（そば）に居たがったけど、最後だけは三人でってお願いしたら聞いてくれた。ごめんね、埋め合わせは夜にするからさ。

リュックに俺の手紙やらスマホやらを詰め込むと、芹奈ちゃんはちょっと涙ぐみながら俺にハグする。

「まじでさ、頑張ってね」

「うん、芹奈ちゃんも」

俺も芹奈ちゃんの細っこい背中を抱き締めた。気分は戦友だった。

「お手軽召喚陣携帯版をエリクさんにもらったからさ、お手紙とかもらったらちゃんと送るから」

「……うん、ありがと」

ちゃんと話すようになって、たかが数日、されど数日。この姉御肌の芹奈ちゃんの存在がなければ、俺はまだグジグジ悩んでたかもしれない。

はっきりと自分の意思を示してみせた芹奈ちゃんはこの世界にとっては聖女ではなかったかもしれないけど、俺にとっては十分聖女だった。感謝してもしきれない。

「……さ、名残惜しいだろうけど、そろそろお別れの時間だよ」

正太郎さんが俺たちの背中に手を触れる。

ちなみに正太郎さんは、手紙を二通芹奈ちゃんに託した。一通は、会社宛の退職届。会社に郵送してもらうんだって。最初に聞いた時は「真面目かよ」って思わず言ってしまった。でも、それがいかにも正太郎さんらしい。

そしてもう一通は、同棲(どうせい)していた元彼への手紙、だった。最初は書くか迷ってたけど、途中で大事なことに気付いてしまったと言って書き始めた。それは、というと。

向こうとこっちでどれだけの時差があるか分からないけど、正太郎さんは毎月家賃を振り込んでいた。つまり、正太郎さんがいなくなったらあの家はもう住めなくなる。家賃滞納はね、拙いよね。同棲していた元彼も、このままだと住処を失う。数少ない正太郎さんの財産も、放っておけば処分される。

だから正太郎さんは、元彼に家の解約のお願いと、家財一式の処分をお願いする手紙を書いた。もう一度言う。真面目かよ。

それと、貯金は全て慈善団体に寄付するっていう委任状も同封した。家族写真だけは、芹奈ちゃんに送ってくれってお願いをしていた。俺と芹奈ちゃんは、ちょっと泣いた。

最後に「幸せに過ごして下さい。最後、寂しい思いをさせてごめんなさい。ありがとう、さようなら」って書いたと聞いて、俺と芹奈ちゃんは手を取り合って更に泣いた。正太郎さんってば、俺たちを泣かせすぎだってば。

「よーし！　帰るか！」

芹奈ちゃんが、ちょっと潤んだ目元を綻ばせた。俺もきっと、同じ顔をしてることだろう。

俺たちがガゼボの席を立つと同時に、遠目で俺たちの様子を見守っていた兄弟が駆け足でこちらに向かってきた。それぞれの恋人の肩を抱き寄せる。この兄弟は、恋人の愛で方もそっくりだ。

「ショウ、話はできた？」

「うん、満足した。ありがとね、エリク」

「ううん。ショウの大事なことだからね、当然だよ」

でも、こっちは大人な会話。俺とルトはというと――。

「ユーヤ、泣いている」

「ちょ、おいっ」

「涙も甘い」

「こらーっ！」

ルトは俺の目尻が光っているのを見た瞬間、唇で掬い取った。人目！　ひとめえええええ！

ちょっと芹奈ちゃん、パシャッて音した！　これ撮ったの!?　まさか親に見せるつもり!?

芹奈ちゃんはまたケラケラと笑うと、俺に向かって親指を突き立てた。全くもう。苦笑しちゃったじゃないか。

そのまま、城の隣にある神殿へと歩いて向かう。

見上げるほど高い天井の立派な神殿の中へ進む。広間の中央の床に敷かれた布に描かれた大きな召喚陣が、俺たちの来訪を待っていた。

「セリナ、中央へ」

エリクさんに言われて、芹奈ちゃんは俺たちを見た後、パッと駆け足で召喚陣の真ん中に駆け寄る。

くるりと振り返ると、身体の前で小さく手を振った。芹奈ちゃんの表情は明るい。

エリクさんは召喚陣の端まで来ると、膝をついて両手を召喚陣に触れる。賛美歌のようにたおやかなリズムで俺にはうまく聞き取れない呪文を唱えていくと、召喚陣が徐々に光り出し――。

「――芹奈ちゃん！　ありがとう！」

大きく手を振る。

ちょっぴり緊張気味な表情だった芹奈ちゃんは破顔すると、俺に向けて高々と親指を突き立てた。

あは、格好いいな、姐（ねえ）さん。同い年だけど。

そして。

唐突に召喚陣が光の滝に包まれたと思うと、数秒後、まるで幻だったかのように光が消え去り。

聖女セリナは、元の世界へと帰還した。

43　帰宅

長時間会議からの撮影大会に異世界人三人でのお茶会、更に聖女帰還と慌ただしくて、俺とルトはずっと城に泊まりっ放しだった。

万全な体調で挑みたかったから、その間ルトには挿入禁止令を出した。ルトは物凄い不服そうだったけど、「記録に残る俺の顔がぐったりしてたら親が心配するだろ」って言ったら、我慢してくれた。本当ごめんね。

その代わり、キスは一杯した。そのお陰か、淫紋は殆ど薄れなかった。別にエッチじゃなくてもいけるんじゃん。

芹奈ちゃんとお別れした後涙が止まらなくなった俺を見て、ルトは周囲に「今後の話は後日する。今日はユーヤを慰める」と宣言すると、俺を横抱きにしてさっさと懐かしのルトハウスへ連れて帰った。今にもスキップしそうな勢いだった。

緑の小道を抜けると、花園で昼寝を決め込んでいたルンルンがハッと顔を上げる。

「ルンルン！　ただいま！」

ルトに降ろしてもらうと、立ち上がったルンルンの元に駆け寄った。

ルンルンの温かくて太い首に抱きつくと、「ルンルン、俺を守ってくれてありがとね……！」と額をぐりぐり擦りつける。

「ブルルルンッ」

ルンルンの誇らしげな鼻息を聞いて、俺は更にぎゅーっとルンルンに抱きついた。

ルンルンが俺を連れて逃げようとしなければ、もっと早い段階で魔王に捕まって、俺の可憐な穴にルト以外のものが突っ込まれていた可能性だってなきにしもあらずだ。

つまり、ルンルンは俺の貞操を守ってくれた穴恩人って訳だ。大好き、ルンルン。

「……ユーヤ」

ルンルンに遠慮なく抱きついていたら、背後から寂しそうに俺を呼ぶ声が聞こえてきた。全くこの寂しがりやはさ。

笑いを堪えながら、ルンルンの首をポンポンと叩く。

「ルンルン、また後でな」

「ブルルルッ」

待てを食らっているように佇むルトを振り返った。ぶは、への字口になってるんだけど。

両手をルトに向けて伸ばすと、尋ねた。

「でさ、ルトがヤりたい体位って決まったの？」

その瞬間。

ルトは俺に向かって大きな一歩を踏み込むと俺を縦抱きにし、家の中へと飛び込む。び、びっくりしたー！

ルトはずんずん中へと進むと、衣装棚の扉を開けて鏡面を開いた。ベッドに腰掛けたルトにしがみついた形の俺の姿が、大きな鏡に映し出される。

「え、えーと……？」

ちょっと意味が分からなくて首を傾げていると、ルトの手がススッと伸びてきて、俺の服を瞬時に剥いでいく。出た、レベルカンスト技。

あっという間に裸にされた俺を鏡に向かって立たせると、ルトも自分の服を脱いで生まれたままの姿になった。

勿論、当然ながらここまで会話は一切ない。無言だ。だってルトだもの。

鏡越しに見るルトのでかちんこは、すでに緩やかに勃ち上がり始めている。相変わらずグロテスクで、数日おあずけをした俺の下腹部がキュンと反応した。

ルトは俺の可愛いちんこを後ろから握ると、やわやわと扱き始める。端整すぎる顔は当たり前のように俺の尻たぶの間に突っ込まれ、チロチロと温かくぬめる舌で俺の穴を解していった。

「あっ……、ルト、待てよ、これってどういう……？」

後孔にぐぽり、と舌が挿入される。

「うひゃんっ」

と甘ったるい声を漏らすと、ルトの頬が緩むのが気配で分かった。

ルトは俺のちんこを握っていない方の指を舌と一緒に穴の中に突っ込むと、ぐっぽぐっぽと音を立てながら犯していく。

前と後ろとを同時に弄られた俺は、掴む場所を求めてルトの腕を探す。勝手に腰が前後に揺れて、それが鏡に映っているのが滅茶苦茶恥ずかしい。

「ルト……っ、何して……っ」

するとここでようやくルトが舌をきゅぽんと抜き、代わりに指の本数を増やした。

「あっ、あ、……んんん……っ！」

阿呆面をしてロをだらしなく開けている自分の顔は、情欲にまみれている。俺ってこんな顔で喘いでるのか。……えっろ。

俺のケツのたぷたぷの間に舌を差し入れながら肉をはむはむしているルトが、言った。

「ユーヤを後ろから貫きたい。だがそうするとユーヤの前面も可愛い顔も見えない」

「お、おお……？」

「だから、鏡に向かってヤる。俺の陰茎がユーヤの中に入るところも、それを見ているユーヤの顔も見られる」

前から思ってたけどさ、エロいことを語る時だけものっすごい流暢に喋るよね。

「あっ、んっ、ルト……っ」

ルトの指に中を掻き乱されている内に、早くルトのでかちんこで埋めてもらいたくなってしまった。

欲情しまくってる顔になってるのは、鏡を見てるから分かる。こんな顔をしておいて、照れるも何も今更なかった。

「早く挿れろよ……っ！」

ルトを振り返りながら要望を伝えると、ルトが息を呑んだのが分かった。

真下に見えるルトのちんこは、今やバキバキに勃ち上がっている。

「もっと強欲になれよルト……！　態度で、言葉でも、もっと俺を欲しがれよ」

ルトの目が驚愕に見開かれた。

ルトの形のいい口が、開かれる。

「ユーヤは……俺ひとりだけのものだ！」

「――ッ！」

直後、ルトのぶっとい棒が俺の中に入ってきた。

44　家族

数日ぶりに受け入れるルトのでかちんこは、今日も今日とてでかくて硬い。

「ああ……っ」

ルトの膝に両手を突いて背中を弓形に反らせると、鏡の中の自分が俺を見返してきた。赤い顔に情欲を浮かべて、ルトのルトを懸命に呑み込もうとしている。油断するとはち切れそう。

「ユーヤ、俺の天使……！」

ルトは俺の腰を支えながら、ゆっくりと着実に俺の中へとルトを導いていった。背中を這う唇から吐き出される息は熱くて、ルトが触れている部分から溶けていってしまいそうだ。あー久々。この「今からひとつになりますよ」な瞬間、大好物。

「くう……っ」

ルトが小刻みに上下に揺さぶると、俺の内壁がルトの形に変わっていく。

時間をかけてルトの全てを呑み込むと、俺の薄っぺらい腹の淫紋の内側に、ボコッとしているルトの形が見えた。……やばい、鏡って滅茶苦茶興奮するかも。

ルトは俺の首筋や耳の中を荒々しく舐めては、前に回された両手でぷっくりとした両胸の突起を摘んで刺激していく。これまで刺激され過ぎたせいか、俺の乳首がマジでエロくなってるんだが。どーしてくれるのこれ？　水着きれないじゃん。ていうかこっちって水着の概念どうなってんだろ。

こっちの世界のこと、これからもっと沢山勉強しないとなあ。

銀髪の隙間から赤い目が、鏡越しに俺を射抜くように見た。どこからどう見ても雄の頂点！　みたいな獰猛な目をしている。そしてこれからその獰猛な獣にぺろりといただかれる獲物は俺です。できれば何日も抱かれ続けるのは勘弁したいとだけ、理性が残っている内に言わないと死ぬ。

でも、今それを言うのは無粋ってやつだ。うっとりと瞼を閉じようとすると、ルトが低い声を耳に吹きかけた。

「ユーヤ、鏡の俺を見て」

今日は目を開けといてくれってことなのかな。俺の予想では、ルトはこの体位をしたい訳じゃなくて、俺の前も後ろも３６０度見ながらエッチしたいってことらしい。うん、ルトらしいムッツリな要望だな！

「……うん、分かったよ」

「ユーヤ、愛してる」

甘えたような囁き声に、全身ゾクゾクと快感の鳥肌が立つ。やっぱり俺、ルトの声もルトの肌の熱もルトの赤い目も、全部ぜんぶ大好きだ。

ルトは胸から手を下に移動させると、外側から俺の腿を抱え上げた。子どもにおしっこさせる時のポーズにさせられると、ゆるりと勃ち上がった俺のプリティーなちんこの奥に、パツパツな状態でルトを受け入れている後孔がはっきりと鏡に映し出される。本当にずっぽり入ってるんだな。俺の穴のポテンシャル、凄くね？

「動かすぞ」

「うん」

ルトは俺の足を抱えたまま腕をぐるりと一周して固定すると、下から突き上げるように腰を動かし始めた。

「あっ、ん、」

鏡に映っている俺は、大きく股を開いてぐっぽぐっぽと音を立てて出入りするルトを受け入れて、喜色を浮かべている。はは、俺笑ってるよ。

「んんっ、気持ちいい……っ、あん、ルト、もっと……！」

「ユーヤ、可愛い……！」

ルトは歯を食いしばると、これまでよりも激しくパンパンと腰を打ち付けてきた。ルトのちんこに浮き上がる筋が、ルトが最高に気持ちよくなってくれていることを証明している。

すると、ルトが突然俺を抱えたまま立ち上がった。

「ひえっ!?」

「もっと近くでユーヤを見たい」

ルトは鏡の前まで俺に突っ込んだまま行くと、立ったまま俺に楔(くさび)を打ち込む。

「ひやあっ、あ、やっ、エロいってば……！ 恥ずかしいよ、あんっ」

ピン立ちしたつま先に興奮してこちらもピン勃ちした俺のちんこも、何もかもが丸見えの状態だ。

純朴な男子高校生には刺激が強すぎる！ ていうかルトだってこの前まで童貞だっただろ！ なん

でこんなの知ってるんだよ！

「ユーヤッ！　一度注ぐ……！」

「おっ、ま、や、ひっ」

突き上げられる度に、身体が上下に激しく揺さぶられる。「ぐうっ、う、おおおおっ！」とまるで熊とでも戦ってんのかって言いたくなるような雄叫びを上げながら、ルトは俺を突いて突いて突きまくった。ルトの奴、顔が真っ赤になってる。かわいーんだから、はは。

「ユーヤ、ユーヤ！」

「もっ！　駄目――ッ！」

快感が強すぎて目の前が真っ白になってきた。

と、ルトが突然俺を宙でぐりんとルトの方に向き直らせる。

「俺のだ！」

恐ろしげな表情で、噛みつくように唇を奪われた。

「……んんんんっ！」

苦しい、気持ちいい。混乱と快楽で何も考えられなくなって、塞がれた口の中で絶頂の中叫ぶ。

ばちゅん！　とそれまでよりも一際強く最奥まで突かれると、ジュオオオッ！　という例の勢いで俺の中にルトの精液が放出された。ルトは俺をゆさゆさとゆすり、内壁一帯にルトの液体を広げんとばかりに擦りつけていく。

俺もいつの間にか達していて、ルトと俺の腹の間は俺の精液でねとねとになっていた。

「はあっ、あ、ん……っ」

「ユーヤ……っ」

くちゅくちゅと甘ったるいキスを交わしていると。

「……ん？　ルト？」

いつの間にか閉じていた瞼を開ける。

顔を少し離して、ルトの顔を見た。

端整すぎるルトの頬には、ツーッと涙が流れていたのだ。

「ど！　どうしたの!?」

今のどこに泣くポイントあった!?　と驚いてルトの頬を両手で挟むと、ルトが「ずっ」と音を立てて鼻を吸う。

「ユーヤは……」

眉毛が悲しそうに垂れちゃってるぞ。待て、待て待て。何がそんなに悲しいの？　さすがに俺も分かんねーよ。

「うん？　どーした。ちゃんと言え？　な？」

いいこいいこってつもりで頬を親指で撫（な）でる。ルトはぐすぐすと泣きながら、可愛く上目遣いで俺を見た。うはっ、いじけてる感じが滅茶苦茶可愛い……！

「ユーヤは……家族と離れて本当によかったのか」

苦しそうなルトの声色に、ハッとする。

まさかこいつ、ずっとそれを考えてたのか？　あ、そういや俺、どうして残ることにしたのかルトに直接言ってなかったかも。

ルトを散々コミュ障だなんだと批評していた癖に、これじゃ俺が言葉足らずじゃん。

「俺は……ユーヤから家族を奪ってしまった」

ハラハラと涙を零すルトの姿は、下腹部がキュンとするくらい可愛い。

でも、ルトにとってそこが一番重要なポイントなんだろうな。ずっと賑（にぎ）やかな家族がほしいんだと言っていた、愛に飢えていたルト。ルトは優しい奴だから、自分が勝ったとかは思わない。

だけどさ。

俺から家族を取り上げてルトが俺を手に入れてしまったと、この先ずっと後悔しながら一緒にいてほしくない。

「ルト」

頬を挟んだまま、触れるだけのキスをする。

ルトは赤い目をぱちくりとさせると、無言のまま俺をじっと見た。

ルトに言葉に出していけって言ったのは俺だ。だったら俺が率先してお手本を見せてやらないでどうするよ。

にっと笑うと、はっきりと言ってやった。

「お前が俺の新しい家族になるんだろ？　お前は与えてくれるんだ、奪ったんじゃない」

「……！　ユーヤ……！」

ぼたぼたと、ルトの瞳から透明な涙がどんどん溢れ出る。

「お、俺と……結婚して、くれるか……？」

「当たり前だろ、その為に残ったんだぞ？」

「ユーヤは、俺の、家族……になってくれるのか？」

不安そうな瞳が、俺の目を捉えて離さない。

心からの笑いが浮かび上がった。

「ばーか。お前しかいないって言ってんだろ、俺の旦那サマ？」

「だ、旦那……サマ……」

今度こそ、洪水かよって量の涙がルトの顔面を流れていくと。

ルトの顔に、ようやく笑みが戻る。

「……俺はユーヤの前では馬鹿なひとりの男に過ぎない」

「ふはっ、それ好きだよな」

「馬鹿な俺を受け入れてくれるユーヤが大好きだ」

「……ん、俺もルトが大好き」

どちらからともなく、顔を斜めに傾けて唇を重ね合わせた。最初は啄むように、やがては互いの全てを貪るように荒々しく。

「ん……っ、はあ……っ」

息苦しくて口を離すと、ギラついた目のルトが妖しく目を細めながら、言った。

「……結婚式の日までずっと抱く」

「えっ？　おい、お前何言ってんの？　そもそも日取りとか何もさ……んんっ」

俺の言葉は、いつも通りルトの口の中に吸い込まれて最後まで発することはできなかった。

ベッドに優しく押し倒されて、一度も抜かないまま再びルトに深く突き刺されていく。

「ああんっ、あっ、ルト、ルトぉ……！」

「ユーヤ、俺の花嫁……！」

「おっ、激しっ、ひゃん、んっ……んぅぅぅっ！」

ギッシギッシとベッドが軋み、ルトのことしか考えられなくなってきた。

——俺のお尻、ちゃんと保つかな……。

一瞬不安が過った。

だけど、全身で幸せを表現しているルトを見て、「ま、どーにかなるか」とルトの甘くて重い愛にどっぷり浸かることにしたのだった。


〈完〉

おまけ・とある日の兄弟

とある日のこと。

「ルト」

第二王子であり宰相補佐を務めるエリクが、非常に真面目な表情で傍らに立つ弟を呼んだ。

第四王子であり白銀の騎士としても有名な弟のルトは、無表情のまま兄を振り返る。

「考えたんだけどね」

「……」

エリクもルトも、時折チラチラと目線が遠くに移動する。その先には、城の庭園にある東屋で異世界から届いた手紙を読み合う兄弟の未来の伴侶二人の姿があった。

当然のようについていこうとしたら、「今日は二人で話すから邪魔すんなよ」とユーヤに言われ、「ごめんねエリク、向こうの状況確認だからさ。色々と難しいこともあるし」と申し訳なさそうにショウに謝られてしまった。仕方ないので、兄弟は目は届くが会話は聞こえない距離で二人の様子を見守っている。

こうなったのには理由がある。事ある毎にエリクが「それはどんなものなの？　その人ってショウとどんな関係なの？」と尋ね、異世界人二人の話が終わった後にはルトが「ユーヤが遠くに行ってしまっているようだ」といじけるので、「異世界の話はめんどくさいから聞かせない」ことに決めたらしい。

そもそも耳に入らなければ過度な興味や嫉妬の対象にならないと思ったらしいが、聞かなくても嫉妬の対象にはなる。

異世界人の二人は、兄弟の愛の重さを未(いま)だ十分に理解していないのだ。

元の世界に戻った聖女セリナに渡した簡易版携帯用転移陣は、見事にその役割を果たしてくれた。特に向こうに家族がいるユーヤは、泣いて喜んでいた。

だが、何度か使うと魔力が切れてただの紙切れに戻ってしまうので、次の手紙を送る際、新たな簡易版携帯用転移陣を用意しようとエリクとルトは話していた。

人を転移させるのには多大な魔力が必要となるが、手紙程度の軽いものであればそこまで魔力は必要としない。軽量だし、座標の固定も不要だからだ。といっても、エリクやルトのように魔力が溢(あふ)れかえっている者でないと、簡易版携帯用転移陣程度にすらも十分な魔力を注ぐのは難しかったが。

「今度の衣装のことだよ」

「聞きましょう」

衣装と聞き、気もそぞろだったルトはエリクの話を聞く気になったらしい。ただし、視線はユーヤにしっかりと向けられたままだが。

二人とも、どちらかと言わなくても粘着溺愛系の愛し方をしているので、基本恋人から目を離すことはない。常に相手がどこの誰と話しているかを把握しているし、少しでも恋人に色目を使う奴(やつ)がいたら地方へ飛ばしている。容赦はしない。

エリクは有無を言わさず従わせるし、ルトは大体燃やそうとする。だが燃やすと色々と問題も出てくるので、そこは器用な兄エリクの出番だった。

ルトの邪魔者を消すことでルトは満足し、ルトに感謝の言葉を言われるブラコンのエリクはゾクゾクしながら喜ぶことができる。これぞ相互利益、いや共存共栄だとエリクは思っていた。ルトは何を考えているのか基本分からない。おそらくは、ユーヤのことしか考えていないとエリクは考えていたが、あながち間違っていないだろう。

「異世界の器って滅茶苦茶可愛いでしょ？」

「当然ですね」

「だから父上の反対を押し切って、国民にお披露目はしないで内輪だけでって思ってたんだけど」

「……けど？」

ルトがエリクを不審げな表情で見た。エリクは何故か頬を嬉しそうに緩ませている。余程の秘策があるらしい。

「想像してみて。真っ白のレースの花嫁衣装にしてさ、淫紋の部分だけ剥き出しにしたらどうかなって」

「……というと？」

ルトが小首を傾げた。

「国民だってさ、淫紋の意味は知ってるでしょ？　魔力に愛されし者が愛を注ぐと光り輝くって」

「そうですね。有名な話なのでしょう？」

ルトはエリクの話の意図が掴めていないのか、微妙な表情のままだ。

ユーヤとショウの姿を国民の前に晒したら、あまりの愛らしさに横恋慕する者が後を絶たないだろう。二人に惚れた者全員を地方に追いやれば、王都の人口が激減してしまう。だから大々的にお披露目はしたくない、とエリクとルトは主張していたのだ。

父親である国王は、「んな訳あるか」と宰相と愚痴っていたが、兄弟は兄弟で「あいつらは理解していないのだ」と本気で思っている。おそらくは一生相容れないのだろう。

「そこでいいことを思いついたんだ」

「いいこと、ですか」

「うん」

エリクは楽しそうな笑顔でルトを見つめた。エリクはルトも溺愛している。隣を向けば大好きな弟、前を向けば大好きな恋人がいて、目下彼の脳内は薔薇色に染まっていた。

「身体の線が強調されるような全身レースに、下腹部だけ剥き出しにされた花嫁衣装」

ルトの眉間がぴくりと反応を示す。

「そこに燦然と輝く、朝まで注がれたのであろう淫紋――。国民は僕たちの伴侶に惚れると同時に、絶対に手に入れられないと見せつけられる。この方法ならば、父上の要求通り国民と共に祝う結婚式を挙げることができると思わないか」

「――エリク兄様、とても良いと思います」

ルトは力強く頷いた。

「できるだけ際どい意匠がいい。これは腕が鳴るね、ルト。王室御用達の仕立て屋を全員呼び、競わせよう」

「ショウとユーヤの意見はどうしますか」

「ギリギリまで黙っていよう。朝まで注ぐとなると、あの二人はすぐに照れるから」

「分かりました」

頷き合う二人。

ルトが「あ」と小さく声を上げた。何かに気付いたらしい。

「となると、陰毛は剃っておいた方がいいですね。万が一にも国民に見られたら問題です」

「そうだね！　今の内からツルツルに磨いてあげよう。とてもいい考えだよ、さすがルトだ」

ガゼボに座る異世界人二人は、笑顔で何かを話している。嬉しいことでも書かれていたのだろう。

エリクが、恋人を温かい眼差しで見つめながら呟いた。

「……内容が気にならないかい？　ルト」

「気になります」

「……今夜は父上たちと会食の予定だったが」

「互いに内容を聞き出す方が重要でしょう」

「じゃ、今夜は忙しいということで僕から断りを入れておくね」

「お願いします」

話が終わったのか、二人がにこにこしたままこちらへと向かってくる。エリクとルトの兄弟はそれぞれの愛しい恋人に駆け寄ると、抱き寄せキスをしながら「ここは冷える。部屋に戻ろうか」と伝えた。

「じゃあ正太郎さん、また後で！」

「うん、会食だったよね！　またね！」

異世界人二人はまだ知らない。王子兄弟二人が、部屋に連れ戻った途端抱いて抱いて抱きまくり、甘えながらもしつこく縋り、手紙と会話の内容を全て聞き出すまで腰を振るのを止めないことを。

全てを話し終え死んだように眠りにつくと、その間に下の毛をつるんつるんにされ磨かれてしまうことを。

おまけ・ルンルンと可愛いもの

天馬と呼ばれる魔獣である彼女は、変わり者だった。

魔獣の中でも天馬は比較的大人しい種族ではあるが、魔獣は魔獣だ。争いとなれば相手を蹴り殺し、血肉を食(く)らうのは当たり前。

同種と番(つが)って子どもができても、子育てなどしないのが魔獣の常識である。産み落とした以降は一切面倒をみず、自身の縄張りに入ってくるものを排除するのが魔獣であり、そこから生き延びる逞(たくま)しさがあるものだけが生を謳歌(おうか)することができる。

だが、彼女は違った。

とにかくひたすら可愛(かわい)いもの好きなのである。

きっかけは、縄張りに迷い込んできた一頭の子馬に出会ったことだった。

匂いと音で侵入者の存在に気付いた彼女は、面倒だと思いながらもその場に向かった。縄張りを荒らされると、静寂を好む彼女の憩いの場が失われてしまう。彼女はゆったりのんびりとゴロゴロして過ごすのが好きだったからだ。

そして見つけたのは、身体中に怪我(けが)を負った白い子馬。息も絶え絶えに地面に横たわっているところを見ると、他の魔獣に襲われ逃げてきたらしかった。

子馬は彼女を見ると安心したように意識を手放してしまった。彼女は焦(あせ)った。彼女は基本ひとりでいるのを好んでいたから、これまで誰かと番ったこともなければ子どもがいたこともないのだ。

喰(く)ってしまうには食べる部分も少ないと判断した彼女は、子馬が大きくなって食べ頃サイズになるまで待つことにした。

子馬はあっという間に彼女に懐（なつ）いた。子馬にはない黒い翼に包まれて寝るのが大好きで、彼女の後をついて回った。

子馬はすくすくと育ったが、まだ食べるには小さいと思って食べるのは控えた。これが馬の成体だという知識は、彼女にはなかった。天馬とは、そもそもの大きさが違うのだ。こんな可愛らしい大きさでは腹も膨れないと思っていた。

大きくならなくても、それはそれでちっこくて可愛いしいいのかも、とも思い始めていた。

大人となった白馬は、草しか食べない。その為（ため）、彼女は白馬を置いて狩りをし、白馬に自身の食事の姿は見せないようにした。

……一度見た白馬が、とても怯（おび）えてしまったからだ。

その日も、彼女は白馬を巣に残し狩りに出かけていた。

獲物を捕らえ食い、そろそろ戻ろうとした彼女の遠くの音もよく拾う耳に届いたのは、白馬の悲しげな嘶（いなな）きだった。

彼女は急いで巣に戻った。

そこで見たものは。

猿に似た魔物が、倒れた白馬の腹にむしゃぶりついている姿だった。

瞬時に彼女が威嚇すると、猿は笑いながら逃げていった。追いかけて猿の息の根を止めようかとも思ったが、目の前には今にも命の炎が消えそうな白馬がいる。

彼女を愛おしそうに呼ぶ声に、彼女は白馬に寄り添うことを選んだ。

白馬が大好きだった翼に包んでやる。やがて白馬は静かに息を引き取った。穏やかな死に顔だった。

彼女は白馬が他の魔物に喰われないように土に埋めると、すっくと立ち上がった。行き先は決まっている。猿のところだ。

だが。

匂いを追い辿(たど)りついた先にいた猿は、身体を縦半分に割られてすでに息絶えていた。周りにも、おびただしい数の魔物の死体が転がっている。

何が起こったのか、と辺りを見回すと。

死体の中心で白銀に輝く硬そうなものを身にまとって膝を抱えて泣いていたのは、ひとりの少年だった。

白馬の仇(かたき)をこの人間が討ったのだ、と瞬時に悟る。しかし何故(なぜ)泣いているのだろうか。

少年の銀色の髪は、白馬を思い起こさせた。怯えた様子が、臆病な白馬を思い出させた。

泣いていた少年が、彼女の存在に気付いて剣の柄(つか)を握る。

だが、彼女は感謝こそすれ、この小さな少年に敵意などなかった。

白っぽくて小さいものは、可愛いから。ならばこの少年は守るべき存在だ。

彼女はその場で寝転ぶと、少年をじっと見つめた。彼女に敵意がないことを分かってもらう為。

にらめっこは数時間にも及び、やがて根負けしたのか、少年がこちらに近付いてきた。

「お前……俺とくるか？」

彼女は尻尾をブンブン振った。

それまでずっと不安そうだった少年が、子どもらしい笑いを浮かべる。可愛い笑顔だった。

「名前を付けていいか？」

「ヒンッ」

「俺の名は、ルトだ」

「ブルルンッ」

名前というのはよく分からなかったが、その個体を指すものと理解する。

「ではルトのルをとって、ル……ルンルンはどうだろう？」

「ブルルルンッ」

正直、名などどうでもいい。この小さくて白っぽいものの隣にいられて守れるのなら、他はどうでもいいのだ。

「……へへ、ルンルン」

少年ルトが、ルンルンの顔に恐る恐る手を伸ばしてきた。ルンルンはそこにスリ、と頬を擦り寄せる。かつて白馬が自分にしていたように、愛情を込めて。

後日、小さな屋敷に訪れたルトの兄だという男の話から、ルトは今回初めて魔物討伐にでかけたこと、ルトの傍には馬ですらも近寄れず、ルンルンが平気なのは魔獣であるからだということが分かった。

魔力に溢れた孤独な少年ルトの隣に寄り添えるのは、自分だけ。

ならばルトが大きく育ち守るべき存在ができるまで、自分がずっと隣にいようと思った。

共に戦いに赴けば、野営地でルトを翼の中に包み、魔物からも寒さからも守り抜くのが、いつしかルンルンの幸せになっていた。

ルトはぐんぐん強くなった。魔獣のルンルンですら瞬殺されるだろうという強さだ。

正直、ルトの隣に別の人間が寄り添うようになったら自分はもう不要になるだろうと思っていた。

だけど、ルトが「たとえ俺に何があろうと、ユーヤを守り抜け」と頼んできたから。

だから自分は、今度はルトの宝物であるこの小さき者を守ると誓ったのだ。

黒髪の小さき者は、いつも元気だ。

「ルンルンー！　今日も美人さんだね！」

「ブルルルンッ」

当然だというつもりで返事をすると、ルトの天使はいつもルンルンの首に抱きついてはスンスンと匂いを嗅ぐ。擽(くすぐ)ったいが、その様子は子馬だった頃の白馬を思い起こさせるから嫌いじゃない。

可愛い可愛い、ルンルンの宝物。

心にはひとつ、そして隣にはふたつ。

——可愛いは正義。

と、ルンルンは今日も幸せを噛(か)みしめるのだった。

おまけ・正太郎の作戦

僕の名は、佐久間正太郎、二十二歳だ。

異世界転移した先で第二王子であるエリクと恋仲になり、先日同じく異世界転移した高校生の伊勢原裕也くんと共にこの世界に残ることを決めた。

高校卒業後すぐに働き始めたからか、それとも周りと違って心から甘えられる存在を早くに失ってしまったからか、よく老けているとか草臥れたおっさんと言われる。ブラック企業勤めも原因のひとつかもしれない。

だけど、芹奈ちゃんの召喚に自ら巻き込まれて異世界転移した後は、何故かエリクからは「可愛い」とばかり言われるようになった。それが、とっても嬉しい。

僕はゲイを自認していて、元彼と付き合っていた時は受け入れ側だった。だからエリクとそういう雰囲気になっちゃった時もすんなり受け入れることができたけど、裕也くんはどうだったのかな。すごく気になるけど、あまりにもセンシティブな話だから聞きづらくて、まだ聞けてない。

僕は臆病者で寂しがりやの自覚はあった。

両親を早くに失い、僕を引き取ってくれた叔父さんも看取り、ずっとずっと愛情に飢えていた。

初恋の相手である高校時代の恩師に対しては、最初は心配してもらえて家族愛的な感情を抱いていたと思っていた。それがいつからか恋心に変わって、でもノンケの先生に告白なんかしたら、卒業後も時折心配して連絡をくれるのに声すらも聞けなくなってしまうかもしれない。

そう思ったら、何も行動に移せなかった。

先生に言われた「石の上にも三年」を毎日唱えて必死で食らいついていたブラック企業に勤める

生活の中、バランスが崩れたのは先生の結婚式の二次会に招待された時だった。

自暴自棄になってゲイバーにいって酔っぱらって男に抱かれて。

俺を抱いた元彼は、「最初おっさんかと思った」って言って笑った。聞けば同い年で、大学生。環境が違うと差が出てくるもんなのかなって思った。

元彼は、悪い人じゃなかった。だけど彼がうちに転がり込んできて、バイトもしないで日がな一日うちでゲームをし始めたのを見て、「僕ってただの便利な人なのかな」って何度も思った。

でも、聞けなかった。誰かが隣にいないのは、耐えられなかったから。

仕事でクタクタになって帰ってきても、家で待っていてくれる人がいる。それだけで、次の日頑張ろうって思えた。

もう、暗い家に帰るのは嫌だったんだ。

僕は浅ましい。居場所とお小遣いを元彼に提供することでしか、繋ぎ止めることができなかった。

だから元彼が浮気しちゃったのは、仕方がないことだと思う。

それでも現場を見た時までは、元彼のことをちゃんと愛していると思っていた。

でも、スッと冷めちゃったことで、僕は誰かに隣にいてほしかっただけなんだって気付いてしまったんだ。愕然とした。

異世界転移後、その日の内にエリクに抱かれてしまった時は、自分がまた自暴自棄になってしまったのかと思った。

だって、会ったばかりの人、しかも異世界人だ。

だけど、エリクは僕のことを運命だって言ってくれた。

その時、思ったんだ。

僕が元の世界で孤独だったのは、こっちの世界でエリクに出会う前準備だったのかなって。

裕也くんと違って、僕にはなくして惜しいものなんて大してない。両親と写った写真だけは、残したかったけど。でも、それだけだ。

僕はエリクのことを愛していると思っている。だけどそれ以上に、エリクには僕が必要らしい。

また誰かに隣にいてもらいたいだけなんじゃないかって不安になる時もあるけれど、エリクが僕を愛している限り、きっと僕はエリクを愛し続けることができると思う。

でもね。

やっぱり不安なんだ。

また誰もいなくなっちゃったらどうしようって。

そこで僕は考えた。どうしたらエリクにずっと愛し続けてもらえるだろうと。

芹奈ちゃんは女子高校生だ。こんなものを頼むなんて、大人として如何(いかが)なものかとは思う。

簡易版携帯用転移陣から転送してもらった荷物の中にそれを見つけた時は、芹奈ちゃんに心から感謝した。

僕は意気揚々とその本を手に、エリクの部屋に向かった。エリクは片時も僕を離したくないらしくて、政務の時間以外は僕にくっついている。

だけど彼は大人だから、芹奈ちゃんから届けられた手紙やらアルバムやらを仕分けている間、僕や裕也くんをそっとしておいてくれたんだ。思いやりがあるところも、エリクの素敵なところだ。

「ゆっくり戻っておいで。部屋で待ってるから」と穏やかに笑って神殿から去っていったエリクは、絶対部屋で待っててくれている。

部屋に駆け込むと、やっぱりエリクは笑顔で僕を迎えてくれた。

「エリク、これ見て」

「ん？　どうしたの、そんな嬉しそうな顔をして。妬けちゃうな」

エリクは僕をベッドに誘導すると、腰を抱いた状態でくっつきながら腰掛ける。

ふわん、と甘い香りが鼻孔を擽った。

エリクが傍にいると、よくこうして甘い香りが漂ってくる。すると大抵、下腹部がズクズクと興奮する。

そうなると、気が付けば大体僕からエリクを押し倒し、エリクの身体中を愛撫してしまっていた。

エリクは、そんな僕の頭をいつも「いいこだね」と言って撫でてくれる。僕はやっぱり年上の人が好みみたいだ。相性がいいのがルトじゃなくてエリクで本当によかったって思う。包み込むようなおおらかさは、エリクのいいところだから。

「妬かなくても大丈夫だって。これ、エリクとヤッてみようと思って取り寄せたんだ」

「ん？　どれどれ」

僕が芹奈ちゃんに頼んだもの。それは『大江戸四十八手』という、体位の型が図解で描かれている本だった。ちなみに裏四十八手というのもあるらしい。

「これ、僕の国に古くから伝わる閨事についてのものなんだけど」

「わお、すごいねこれ」

「エリクを楽しませてあげたいなって思って、恥を忍んで頼んだんだ」

一体誰が買ったんだろうという疑問は、頭の片隅に追いやった。本当にごめんね芹奈ちゃん。ありがとう。君の勇気に乾杯だ。

ぱらぱらとページをめくっていくと、「――待って！」とエリクがとあるページに指を挟んだ。

端整な顔が、ひくひくとニヤついている。

「……これ、何て読むの？」

僕や裕也くんはこちらの世界の言葉も読めるけど、逆は駄目らしい。

「ええと、これは『理非知らず』って読むみたいだよ」

「……手足を縛るの？」

「そうみたいだね」

絵は男女ペアで、女の人が手足を縛られて仰向けに転がされているところに、男の人が膝立ちで挿入しているものだった。ちなみに縛られてヤられたことは、これまで一度もない。元彼はどノーマルな性癖の持ち主だったから、正常位かバックか寝バックくらいしかなかった。

エリクとはすでに色んな体位を経験しているけど、ルトさんと裕也くんみたいな体格差がないので、駅弁とかいった力業ができないのをちょっぴり残念に思っていたんだ。

この本を取り寄せたのは、未知の体位をエリクと経験することでマンネリ化を避ける為、だった。

エリクに愛し続けてもらう為なら、どんな体位だってやってみせる。それくらいの覚悟が僕にはあった。

それに、エリクは一回始めると長い。何度も何度も僕の中に射精するのに、僕が気絶してもまだ元気一杯なのが常だ。

だったら色んな体位を知ってるに越したことはない。僕はエリクに全力で応えるつもりだ。

……だって、隣にいてくれる人が笑ってくれたら、僕が嬉しいから。

ギラギラし始めたエリクの目を、上目遣いで覗き込む。

「……エリク、僕を縛ってみたいの？」

「……い、痛くしないから、いい……？」

エリクの股間を見ると、すでに元気になっていた。僕は愛すべき恋人の股間に手を伸ばすと、服の中に手を滑り込ませて直に触れる。熱くてガチガチで、今にも破裂しそうで嬉しい。

「うん、いいよ。じゃあ今日はこれね！　楽しみ——あんっ」

「ショウ、ショウッ！」

エリクは僕を押し倒すと、服の上から熱棒を押し当てる。

「エリク、愛してる」

「僕もだよ、ショウ」

見つめ合いながら、唇を重ねた。すぐに口の中も鼻孔も甘さで溢れて、僕の脳内はエリク一色になっていく。

それにしても、手足を縛ると想像しただけでこんなに興奮してくれるなんて、本当に頼んでよかった。

——次は緊縛の本を頼もうかな。

芹奈ちゃんが聞いたら悲鳴をあげそうなことを考えながら、僕は自分から服を脱いでエリクを受け入れることにしたのだった。

ロイヤルウエディング

朝起きたら、下の毛がなくなっていた。どうなってんのこれ。誰か説明して。

いつもの如く、俺の可憐な蕾をルトのでかちんこで蓋をされた状態で目を覚ましたら、下の毛が綺麗さっぱりなくなってたんだ。ツルッツルだった。信じたくない。

「は……？　どういうこと？」

あり得ない光景に、呆然としながら呟いた。


事の発端は、昨日に遡る。

俺と正太郎さんは、元の世界から送られてきた手紙をガゼボで読んでいた。

今回で二回目だ。初回は向こうも興奮気味だったからか内容は結構支離滅裂で、便箋の文字が滲んだりしていた。だけど今回は少しは落ち着いたのか、涙の跡はなくてホッとした。

俺たちは情報共有しながら中身を確認してたんだけど、読み進めていく内にちょっとばかりセンチメンタルな気分になっちゃったんだよね。

俺には、家族からの手紙。ちゃんと幸せかと俺を心配する内容と、あっちで起きた出来事が書かれたものだ。家族旅行の時の写真と、俺がいない家族写真も入っていた。

見た瞬間、泣いた。みんな、俺がいなくなって凄く心配したんだろうなって分かる痩せ具合だったからさ。

手紙は、俺たちの失踪後についても触れていた。学生とサラリーマンの集団失踪事件は、大きな話題になってた。光るところを見られていて、異世界転移だの宇宙人が攫（さら）っただのといった憶測が飛び交ったらしい。

俺と芹奈ちゃんは、制服のお陰で失踪直後に身元が判明した。正太郎さんは、現場近くに携帯が落ちていたことから、会社、そして元彼に連絡がいって確認が取れた。

そして失踪から三ヶ月後、芹奈ちゃんだけが戻る。芹奈ちゃんは、騒がれる前に俺の家族と正太郎さんの元彼にすぐさま連絡を取った。

みんな困惑してたけど、芹奈ちゃんが直接乗り込んで顔を見せたら、写真と同じ人だってことで話を聞く気になったんだって。

嘘（うそ）みたいな本当の話は、勿論（もちろん）最初は信じてもらえなかった。だけど、芹奈ちゃんには俺たちが映った動画があった。動画を見せた芹奈ちゃんは、反応を待った。

すると、誰も何も言い出さない中、正太郎さんの元彼が突然泣き崩れたんだ。

「なんだよこの顔は！　俺にはそんな顔一度だって……！」

正太郎さんの幸せそうな笑顔は、過去ではあり得ない。だから認めざるを得なかったんだ。元彼にとっては、残酷な現実だっただろう。まあ浮気したんだからそのしっぺ返しを喰（く）らったんだろうけど。

その後は、次々みんな芹奈ちゃんの話を信じ始めた。

芹奈ちゃんの帰還で世間はまた大騒ぎになったけど、芹奈ちゃんは「覆面の人たちに攫われた。

二人に助けてもらって逃げた後は分からない」と押し切った。

あれこれ疑う人も勿論いたけど、芹奈ちゃんの格好可愛い彼氏くんが鉄壁のガードを見せたことで、やがて騒ぎは下火になる。

これを読んで、俺は「あれ？」と思った。だって、俺たちが異世界転移して芹奈ちゃんが戻るまで、一週間ちょいだ。なのに向こうは三ヶ月も経っていた？

「時間の流れが……違う？」

俺の呟きに、正太郎さんが重々しく頷く。え、そんな……！

今はまだ大した時間の開きはないからいいけど、一年、二年と経つにつれて、差はどんどん開いていく。

「えっと、一週間が三ヶ月なら……」

すると、正太郎さんが言った。

「一年が五十二週で、三をかけると百五十六ヶ月。こっちの一年が向こうの十三年ってことだね」

さすが元社畜、計算が早い。

え、じゃあ、数年後にはうちの親は死んじゃうってこと？　この先もずっとやり取りを続けられると思ってたのに――。

ショックで固まってしまった俺の手を、正太郎さんが包み込む。

「向こうに未練がない僕とは違って、裕也くんは沢山大切なものがあるもんね……辛いよね」

ハッと気付かされた。違う。正太郎さんは俺なんかよりもっと理不尽に大切なものを奪われてきたのに、平気な訳ないじゃないか。

それに引き替え俺は、ルトの居る場所が自分の居る場所なんだって決めた筈(はず)なのに、自分ばっかり甘えて。

「――ううん、違うよ正太郎さん。俺の覚悟が足りなかったんだ」

「裕也くん……？」

元々は、向こうと連絡を取り合えるなんて考えてもなかったのに、できると分かった途端、なくなるのが怖くなった。こんな甘ったれた考えじゃ、俺を全身全霊で愛してくれてるルトに見合う男だって胸を張れない。

だったら、俺の中でけじめを付ける為にやれることといえば――。

「正太郎さん、俺、結婚式の晴れ姿の写真を家族に贈りたい。嫁いで一人前になったから、もう心配いらないって伝えたいんだ」

「裕也くん……！」

うる、と正太郎さんの瞳が潤んだ。

「君の覚悟は分かった。微力ながら僕も協力させてもらうよ！」

「正太郎さん……ありがと！」

互いに笑顔になると、遠くから俺たちを見守ってくれている恋人に目線を向けた。ルトとエリクさんは、にこやかに何かを話している様子だ。

正太郎さんが、立ち上がりながらフッと微笑(ほほえ)む。

「あの二人の間のわだかまりもすっかり消えたみたいだし、本当によかったよね」

「確かに。最初はこんな拗れてどーしたらいいのって思ったもん」

俺も立ち上がると、正太郎さんと笑い合いながらルトたちの方に向かった。

正太郎さんに駆け寄ったエリクさんが、スマートな仕草で正太郎さんの腰を抱く。

「ここは冷える。部屋に戻ろうか」

「うん」

正太郎さんが、幸せそうに微笑んだ。

確かに、ずっと風に当たってたら俺も冷えちゃったかも。無言で俺の背中を覆うように抱きついてきたルトで暖を取りながら、正太郎さんに手を振った。

「じゃあ正太郎さん、また後で！」

「うん、会食だったよね！　またね！」

正太郎さんたちはお城に住んでるけど、俺とルトは相変わらずルトハウスに住んでいる。庭にはルンルンがいるし、強固な結界のお陰で他人に入り込まれることもないからね。心置きなくエロエロしたい、というかほぼエロエロしかしてない俺らにとっては、最高の立地条件なんだよな。主に俺の声とか、声とか！

「ユーヤ、冷えてる」

ルトが、赤い瞳を心配そうに揺らした。はは、こいつって本当俺のことだけだなあ。間違って風邪でも引いた日には、心配のあまりどうにかなっちゃいそうで怖いしかない。

「ん。ルトが温めてくれよ」

ぎゅっとルトの分厚い胸に抱きつくと、ルトがハッと息を呑(の)んだ。ん？

いつもの如く、無言のまま俺の顎をクイッと上げる。瞳は、驚いたように見開かれていた。ルトの大きな手が俺の頬を包んだと思うと、親指の腹が下瞼(したまぶた)に触れる。

「泣いた跡がある」

「あー、うん。ちょっとしんみりしちゃってさ」

でも、ルトに話したら、自分のせいで俺が犠牲になったって凹(へこ)むかもしれない。だったら、周りに人がいる時にサラッと伝えた方がいいかも。

「でも大丈夫！　ほら、会食の準備しないとだろ？　俺さ、まだこっちの正装ってうまく着られないからルトに手伝ってもらわないとだし」

「……」

ルトは無言のまま、口を真一文字に結んでしまっている。

「ルトー？　おーい、気にすんなって言って——おわっ!?」

ルトはやっぱり無言のまま俺を横抱きにすると、お前短距離選手かよってくらいの速さで走り始めたじゃないか。

「ちょっ、ルト!?」

「……」

だから何か言えよ！

そして、歩くと数分はかかる距離にある筈のルトハウスに、感覚的には数十秒で到着した。

庭で寝ているルンルンには脇目も振らず、家の中に飛び込むと一番奥にあるベッドに俺ごと飛び乗る。ルトは思い詰めた形相で俺の服をひん剥いた。一瞬だった。さすが剥きレベルカンスト。

俺の身体中にキスを落としていくルトは、俺がぎょっとしようが気付かない。だって、それがルトだもん。だが、俺だって学んでいる！　ルトが自分の世界に入り込んじゃってる時は、注意を引けばいいんだ。

「ルト、落ち着けよ」

ルトの銀髪頭をペチペチと叩く。……おい、無視して俺のちょっとばかしデカくなってきた胸の飾りに吸い付くな。

「ユーヤ……！」

切なそうに俺の名を呼ぶルト。だからさ、それされるとお腹がキュンとしちゃうからやめろ。

「ば……っ、今は支度が先だろ！　急にどうしたんだよ！」

ルトの銀髪を掴んで思い切り引っ張ると、ルトの口がちゅぽん！　と俺の胸の突起から離れた。銀糸がツーッて伝っていて、とんでもなくエロい光景だ。

「……泣いた理由を知りたい」

「う……、そ、それは」

「俺には言えないことなのか……？　ユーヤはやっぱり元の世界に……」

目が虚ろになっていくルト。わっ、馬鹿！　すぐに闇落ち方面に行くなよ！

「違う！　違うから！　俺はずっとルトといるんだってば！」

「では教えてくれ。何故泣いていた」

するとルトが突然起き上がったかと思うと、俺を組み伏せる。おい、お前いつの間に下脱いでたんだ？

ルトは見る度に「立派……！」て拝みたくなるくらいの巨根を片手で掴むと、一瞬で俺の可憐な穴に照準を当てて――。一気に最奥まで突っ込んだ。

「んあっ!?」

とんでもない圧に、俺の視界一杯に星が瞬く。

「ユーヤ、教えてくれ……！　頼む、ユーヤのことは全て知りたいんだ！」

「あんっ、でも、俺……っ！」

「ならば、隠していることを言うまで抱き続ける！」

「はあっ!?　馬鹿！　この後会食だっつってんだろーが!?　あっ、んっ、お前な、んっ、王様の扱いが粗末すぎ――ああああんっ！」

「……」

そこは何か言えよ！　お前の父ちゃん、絶対泣いてるぞ！

ルトは俺の腰をガシッと掴むと、抽送のスピードを上げていく。や、やばい、気持ち良すぎる……！　このままだと飛ぶ！

「ユーヤ、言ってくれ！　隠し事をされたら、生きてなどいけない！」

どちゃくそ重いな、相変わらず。

早くも昇天しちゃいそうな中、今言わないとルトはもっと悲しむかも、と思い直す。悲しんだら代わりにたっぷり注がせて……と思ったのに。

「やっ、あ、分かった……！　言う、言うから止めて……っ！」

「ユーヤ、好きだ！　愛している、ユーヤだけなんだ！」

やっぱり聞いちゃいねえ。

「ルト、あんっ、話すからっ」

「動きは止めない！　ユーヤが話したら止まる！」

嘘だろ。俺、アンアン言わされながらさっきのちょっぴりセンチメンタルな話をしないといけないの？

「このぉ……！　馬鹿ルト！」

ひゃんひゃん喘ぎながらルトの頭をポカリと叩くと、ルトが美神の笑みを浮かべる。

「俺はユーヤの前では馬鹿なひとりの男に過ぎない」

「おま……っ、それ言えば済むと思ってないか!?　ひゃ、ん、わ、分かった！　言うから、言うから速度上げんなって！」

「ユーヤ、俺の天使！」

ということで、俺はルトに洗いざらい喋り尽くした。結婚式の晴れ姿を見せたいってことも、全部。

で、喋ったのに結局止めてもらえなくて、ハッと気付くと窓の外には朝日。更に俺の下の毛がツルッツルになってたっていう訳だ。な？　訳分かんないだろ？

だがしかし、犯人はどう考えたってルトに決まってる。

腹を立てながらずりゅり、と俺からルトのルトを抜くと、一瞬イきそうになったけど耐えた。淫紋がどピンクに輝いてるのは、今この瞬間は最高に苛（いら）つくけど。点滅すんな、欲しがってんじゃねーよ。

「……ユーヤ!?」

「のわっ！」

「ユーヤ、身体は大丈夫か？」

愛（いと）おしそうに俺に手を伸ばすルト。俺はその手をペチンと叩いた。ショック！　みたいな顔すんなよ。罪悪感に苛（さいな）まれながらも、俺は心を鬼にしてルトにビシッと人差し指を突きつけた。

「ルト、俺の下の毛をどうした！」

「剃（そ）った」

「そういうこと言ってんじゃねえ！　何で剃ったのかって聞いてんだよ！」

「結婚式の準備の為（ため）だ」

「へ……？」

ルトが、端整すぎる顔を寂しそうに歪（ゆが）ませる。

「魔力に愛されし者の伴侶となる者は、伴侶の証（あかし）として淫紋を曝（さら）け出した花嫁衣装を身につける決まりがある」

　ルトは半身を起こすと、俺を抱き寄せルトの膝の上に乗せた。

「ユーヤもショウも、黒髪だ。そのまま着用した場合、黒い陰毛はとても目立つ」

「あ、そういうことね……なんだ」

　ルトの辿々しい説明で、ようやくツルッツルにされた理由を理解する。なら事前に言えよって思ったけど、それを言えないのがルトだもんな。

「結婚式に向けて、表面を磨いていく必要があると兄様に言われた」

「なるほど、理解したよ。悪かったな、怒っちゃって」

　ルトの頭をぽんと撫でて笑いかけると、何故かルトの中心がグググッと反応した。嘘だろ、これだけで？

　潤んだ瞳のルトが、呟く。

「……嫌われたかと、怖くなった」

　くはっと笑うと、ルトの頭をぐしゃぐしゃにしてやった。全く、こいつはさ。

「馬鹿、嫌いになんかならないって言ってんだろー？　本当心配性なんだからさ」

「……」

　はい、無言出ました。でも俺はもう気にしない。だって未来のお嫁さんだもんな。阿吽の呼吸ってやつ？　言わなくても分かり合える二人ってやつが正に俺たちだろ。

「ちっとは俺のことを信じてよ。な？　――ぶふっ」

ルトは俺の唇を食べるような勢いで口を重ねると、俺の腰をひょいと持ち上げて、ルトのでかちんこを俺の中にグポッと突っ込んできた。秒だった。快楽の衝撃に、目の前が一瞬真っ白に染まる。

「かは……っ！」

「ユーヤ、俺の花嫁……！」

ルトは俺を上げ下げしながら、早くも抽送を始めたじゃないか。

「ま、待て……っ！　お前どんだけヤるつも……ああぁんっ！」

言わなくても分かってるのは俺だけで、ルトは絶対分かってないかも。

阿吽にはまだまだ程遠い……と、遠い目をしながらひゃんひゃん鳴かされる俺だった。


結婚式当日。

当日の朝まで「これでもか！」ってくらいルトに抱かれた俺は、快楽が過ぎてヘロヘロになっていた。なのにルトが魔法で回復させるもんだから、異様に興奮したただの元気な俺が出来上がった。

ふざけんなよどーすんだこれ。

俺と正太郎さんは花嫁の控え室に連れて来られると、それぞれの恋人の手で着付けされた。「何人たりとも肌に触れることは許さん」らしい。お前ら怖えよ。

だけど、その理由も納得だった。だって、この花嫁衣装、とんでもなくエロいもん。本当に伝統なのかって疑いたくなったけど、「伝統を踏襲できて嬉しいよ」とエリクさんが安心したように言ったので、信じざるを得なかった。

用意された純白の花嫁衣装は、首から胸までが見事なレースで覆われている。肩は出てるけど、袖はふんわりとレースが幾重にも重なっていて見事だ。胸下から鼠径部に掛けては、全く隠されていない。どぎついピンクの淫紋が燦然と輝いていて、笑うしかない状態だ。

で、その下の紐パンがこれまたレース。股間部分が袋状になっていて、お互いの恋人に詰め詰めされた。正太郎さんは照れくさそうに笑いながら「ふふ、擽ったい」って言ってた。これを受け入れているの、凄い。

レースのガーターベルトでこれまたレースのハイソックスを履いて、腰からはふんわりとしたヴェールみたいな孔雀の尾のようなスカートが広がっている。

最後にでっかい赤い宝石が付いたキラキラのティアラを頭に着けられて、完成した。

「ユーヤ……綺麗だ」

こっちも真っ白な衣装に身を包んだどこからどう見ても男前にしか見えないルトが、俺を鏡の前に連れてきて涙ぐむ。こら、さり気なくちんこが入ってる袋を触らない。勃ったらどうするんだよ。やだよ俺、国民の前でちんこ勃たせるの。

ここで、王様と宰相が登場する。「これはここを押すのか？」と言いながら弄ってるのは、この日の為に用意されたデジカメだ。ていうか誰、王様を写真係に任命したの。不敬過ぎない？

「ほら、エリクもルトも花嫁の隣に並んで！」

すっかりカメラおじさんと化した王様に写真を撮ってもらい、俺と正太郎さんとで写りをチェックしてオッケーになった。

ルトが、微笑(ほほえ)みながら俺に手を差し出す。

「俺の天使――花嫁、ユーヤ。俺の花嫁になってくれ」

俺は勢いよくルトの手に自分のものを重ねた。

「おう！　もう嫌って言っても離れないからな！」

「……」

だから何か言えって！

こうして俺たち四人の合同ロイヤルウエディングが執り行われた。

この時点では、俺は知る由(よし)もなかった。

この後、淫紋を曝け出す花嫁衣装が伝統でもなんでもないことが王様の失言で俺にバレて、式典後にルトに詰め寄ったらそのままパーティーに出ることなくルトハウスで三日三晩抱かれ続けて最終的に「も、分かった……許すから、勘弁してえ……！」と俺が負けることも。

家族の元に送り届けられた記念写真が等身大に引き伸ばされて、居間に堂々と飾られることも……。

あとがき

この度は、本作をお手に取っていただき誠にありがとうございます。作者の緑虫と申します。ほぼ笑いながら書いた本作が、読者の皆様を笑顔にできたなら幸いです。

本作が私の初書籍化作品となります。「明るい男の子が主人公の作品が書きたい」「巻き込まれた人に更に巻き込まれたら立場は微妙そうだな」という思いつきから生まれた、主人公の伊勢原裕也。見た目はイケメン、中身はコミュ障のルトの腕の中に落としてみたところ、ちぐはぐなようでぴったりはまる、そんな楽しい二人が出来上がったと思います。

裕也は、自分にとても素直な男の子です。楽しい時は笑い、悲しい時は泣く、感情豊かでお人好し。言われたことを信じる素直さは、心を閉ざし何もかも諦めかけていたルトの目にどう映ったのか。きっと、途轍もなく眩しく見えたことでしょう。ルトの裕也に対する思いの深さを、何分喋らないので代わりに彼の取る行動で是非お楽しみ下さい。

また、メインの二人だけでなく、サブキャラのエリクや正太郎、芹奈の思いや行動、またそれらを見て裕也が何を思ったのかも感じていただけたらと思います。

明るく楽観的な裕也なので、物語が終わった後も、小さな「面白いこと」「楽しみ」を沢山見つけては、ルトとの明るい未来を切り開いていくと思います。ルトのコミュ障が治るかどうかは、神のみぞ知るですが……。

私について、少しだけ。子どもの頃から創作が大好きで、絵や文字に触れていない日はないほどの読書好きですが、実はＢＬ作品に触れたのは比較的最近です。腐歴はまだ三年程度ですが、よく考えてみれば昔からブロマンス作品が大好物でした。高校時代に初めて書いた小説もどきも、思い返せば登場人物は男ばかり……。三つ子の魂百までは本当だなあ、としみじみと感じております。

最後に、今回お声がけして下さった担当様、素敵すぎて見た瞬間鼻血が出るかと思ったルトと裕也を描いて下さった峰星（みねほし）ふる先生、私を腐の道に導いてくれた友人、俯瞰（ふかん）的な目線があることをいつも教えてくれる友人、この本を作るにあたり携わってくださった全ての方、そして本作をお手に取っていただいた読者の皆様に、深い感謝と御礼（おれい）を申し上げます。

またいつかどこかでお会いできますことを願い、日々精進して参ります。

緑虫

Ruby collection

聖女召喚に巻き込まれた奴に更に巻き込まれたら、コミュ障の白銀の騎士様が離してくれない

2024年4月1日　初版発行

著者　緑虫

発行者　山下直久

発行　株式会社KADOKAWA
〒102-8177
東京都千代田区富士見2-13-3
電話：0570-002-301（ナビダイヤル）
https://www.kadokawa.co.jp/

印刷所　株式会社暁印刷

製本所　本間製本株式会社

デザインフォーマット　内川たくや（UCHIKAWADESIGN Inc.）

イラスト　峰星ふる

初出：本作品は「ムーンライトノベルズ」（https://mnlt.syosetu.com/）掲載の作品を加筆修正したものです。

●お問い合わせ
https://www.kadokawa.co.jp/（「商品お問い合わせ」へお進みください）
※内容によっては、お答えできない場合があります。
※サポートは日本国内のみとさせていただきます。
※Japanese text only

ISBN 978-4-04-114782-5　C0093　Printed in Japan